U0108223

苓菁
作品

苓菁
作品

苓菁
作品

苓菁
作品

禁忌

試膽

笭菁 著

CONTENTS

禁忌·試膽

本故事純屬虛構，內容概與現實無關

禁忌

試膽

—楔子—

深夜，寂靜漆黑的林子裡，一方小土丘上，蹲著兩個人影。

這似乎是一片竹子、松木交雜的樹林，每一棵樹都伸展出無數分枝，在黑夜的冷風吹拂之下，宛如張牙舞爪的樹靈。

這裡，很少人會走進來，連個入口都沒有，滿地都是落葉枯枝，走起來劈啪作響，他們好不容易才找到一個隆起的小土丘，清出一塊地方，擺放他們帶來的東西。

「幹！這裡真的沒有人！」一個頭兒較矮小的男生啐了聲。

「你嘛好啊！這裡是七大傳說之一的地方，怎麼可能會有人來啦！」瘦得像竹竿似的男生專心地像堆積木般，沒有停下手邊的動作。

他們正在堆冥紙，把帶來的一整疊冥紙，層層相疊成八卦狀，中間留了空心，等會兒點燃一張扔進去，聽說，要是一瞬間出現異樣，就是有什麼在附近了。

這兩個人，就是來這兒試膽的。

城市有七大不可思議，鄉下也有啊，更別說這地廣人稀又荒煙蔓草的地方，傳說是層出不窮啊！

第一，就是鄉鎮東北角魚塭邊的竹林，聽說這兒以前是一名富商的院子！裡頭養了金錢蠱，只要到這兒來許願，就能一夕致富，但是進入竹林的人，幾乎沒有活著走出來過！

從此以後，這兒的厲鬼傳說甚囂塵上，成了頭號禁地。

他們兄弟倆就是來試膽的，偏不信什麼鬼怪傳說，等他們破了這七大傳說後，就可以好好的風光一下了！而且還不忘先買了張彩券，萬一金錢蠱的傳聞是真，那就獎落他們頭上啦！

「疊好了！哥！」胖弟穩穩地放下最後一疊冥紙。

瘦削的大哥拿出賴打（打火機），拇指一滑就在黑夜中燃起火光，他拿著最後一張冥紙點燃，接著與胖弟對看一眼，兩人勾著笑意，把那冥紙丟往八卦中心的洞去。

冥紙落下，火苗很快地燃燒了整堆！

「哇！」胖弟嚇得微微後退，誰教那突然竄上的火勢太猛烈。

「嘖！大驚小怪什麼？」哥哥嘖了聲，這都是紙來著，遇火能不燒嗎？誰叫他要蹲那麼近。

「哥，這算不算什麼瞬間異樣啊？」

「異你個頭，隨便拿張紙來燒都一樣！」哥哥嗤之以鼻的哼了聲，卻在此時，清楚的聽見一聲——劈啪。

咦？哥哥不禁回頭，怎會有如此響亮的劈啪聲？

啪——劈啪！

那聲音竟未曾間斷，還越來越逼近他們！

「幹！」哥哥操起手電筒，大膽地往聲音來源照去。

手電筒的光在黑暗中晃蕩，增加的只有恐懼感。

忽地一陣陰風颯颯，土丘上的火頓時熄滅！胖弟驚恐的慘叫一聲，惹得哥哥立即回首！

須臾一秒，哪見什麼火燄，只剩裊裊白煙。

而那緩緩上升的白煙，在手電筒的餘光中，竟繞出了一張似有五官的臉龐……兄弟倆呆望著那忽然停止不動的白煙，臉龐正逐漸清晰可見。

『你們……』那白煙竟開口說話了。

「嗚哇——哇哇哇！」胖弟禁不起嚇，登時腿一軟，慌亂地就滑下土丘。

哥哥嚇得全身僵硬，可也是連滾帶爬的往弟弟那方向去，準備逃之夭夭，沒想到腳卻也一絆，跟著摔下土丘，要不是胖弟當肉墊，只怕他早被那堆枯枝戳了個千瘡百孔！

胖弟掙扎著要起身，但土丘下不知有什麼，勾住了他的腳了！

「哥！哥——什麼拉住我了！」胖弟高聲喊著！

哥哥趕緊坐起身，拿過手電筒一瞧——土丘下緣竟竄出了一隻枯骨，霍地握住胖弟的腳踝。

他瞪大了眼睛，尚且來不及反應，忽地聽見身後一聲——

劈啪。

第一章　八卦冥紙陣的竹林

傳說之一——八卦冥紙陣的竹林

在沒有星星也沒有月亮的晚上，帶著一大疊厚厚的冥紙，進入那片竹林裡唯一高聳的土丘，將每一疊冥紙相互交疊，自左排到右，擺成一個中空的八卦立體柱，再抽取其中一張冥紙，以火點燃後，扔進中心裡。

然後，那裡就會出現你一輩子也忘不掉的可怕異狀！

高三，辛苦而盈滿壓力的日子，至少光看著黑板上頭的倒數數字，就讓人渾身不舒服；不過也就是壓力大，學生們才總能想出一堆窮極無聊的事情來打發時間跟紓解壓力。

夜歸的高中女生騎著腳踏車，戴著耳機，輕快地跟著 MP3 裡的歌哼著，迅速地在小徑中穿梭，她技術好到可以一隻手拿著飲料，另一隻手輕擱在把手上方，腳踏車卻一點兒歪斜也無。

「王羽凡！王羽凡！」身後有個聲音在追趕，她回首，是班上的班花李如雪。

王羽凡緩下速度，好讓李如雪追上。

「我以為妳已經走了耶！」剛剛從補習班離開時，已經沒瞧見她了。
「我繞去買東西，硬敲門拜託人家讓我進去的！」要不然十點，店早關了！
「去買什麼？這麼要緊？」兩個女生並著肩騎車，聊天加夜遊，速度都放得很慢很慢。
她們念的都是當地的高中，老實說離家裡有段距離，加上指考在即，免不了補習；補習班通常是九點半下課，作業寫一寫到十點，再騎腳踏車翻山越嶺的回家。
當然也不是每個人回家的路途都這麼遠，可是王羽凡跟李如雪兩個人都住在距離市區一個多小時的鎮上，得要騎過這座小山；只是明明同路的她們，卻不算是最要好的朋友，所以並沒有相約一同上下學。
偶爾在路上遇到，兩個人才會一塊兒並騎。
沒辦法，高中生就已經是縮小社會，大人都會分派系，學生自然也會搞小團體，王羽凡是市內柔道冠軍，個性大剌剌又粗魯，班上比較文靜型的女生跟她都合不來，更別說是優雅的班花了。
李如雪長得非常漂亮，恬靜宜人，不只是班花，學校很多男生都很喜歡她，情書根本接不完！只是她家教很嚴，別說交男朋友了，連跟同儕出去玩都得經過父親批准，那些男生只有乾瞪眼的份。
不過大概是因為她誰也不青睞，所以才讓那群花痴男抱持夢幻的想法吧。

王羽凡就根本沒這種煩惱，像她這種粗枝大葉的類型，瞎了眼才會遞情書給她！

而且，哼——她已經心有所屬啦！

「欸？」王羽凡突然眼尖地注意到一群熟悉的身影，竟往左邊的山道拐了進去，登時煞了車。

「怎麼了？」李如雪跟著停下，順著她的視線看過去，只見一堆紅色的車尾燈漸行漸遠。

「那好像是冷仔他們啊！」王羽凡指著一個閃爍的尾燈，「姓冷的愛現鬼不是連腳踏車都改燈嗎？」

「咦？對耶……」李如雪也察覺到不對勁，「他們往那裡做什麼？那邊有住家嗎？」

而且她沒記錯的話，冷諺明同學是住在市區！怎麼會走到這座山來？

「我要跟去看看！」王羽凡乾脆地撂下一句話，腳踏板立即踩下，「明天見！」

餘音未落，她人已經騎往前去了！

「欸——」李如雪連喊都來不及，就看著她往前越騎越遠……她蹙起了眉，真不知道王羽凡行動力怎麼那麼強！而且莫名其妙就跟上去，誰知道冷諺明他們要去哪裡？

一堆疑問也在她心底湧起，禁不起好奇心的驅使，她竟扶正龍頭，尾隨王羽凡而去。

騎在前頭的王羽凡完全沒有畏懼，她反而瞇起眼注視前頭越騎越快的車隊，身後傳來

輕微的鈴聲，她抽空回首，訝異地看見拚命追趕上的李如雪，嚇得眼珠子差點沒掉下來。

「妳跟來幹嘛？」王羽凡抽空看了夜光錶，「妳家門禁不是十點半嗎？」

「我不管了！我也想知道他們要去哪裡！」李如雪難得堅持，聲音嬌滴滴的，難怪男生都喜歡！

連她這個女生聽了都全身起雞皮疙瘩，要是不答應就得繼續被撒嬌，她可敬謝不敏！反正她可沒遊說李如雪跟來喔，是她自己要跟的，拜託李爸爸不要明天又到學校來大小聲，指責哪個同學帶壞他的寶貝如雪！嘖！單親爸爸都這麼擔憂害怕嗎？還是因為生了個美麗的小孩才會如驚弓之鳥？

她不懂，因為她家都是放牛吃草，過凌晨一點沒回家爸媽也不會擔心……因為他們擔心的都是意圖對她怎樣的人！

女生還是學點防身術好，至少她爸媽就不必跟李如雪的爸爸一樣成天提心吊膽的。

王羽凡尾隨著車隊往前騎，他們彎進一條細小的鄉徑，路上越來越荒涼，終至一盞路燈也無，這逼得她不得不放慢速度，因為她幾乎連兩旁的稻田都看不見了！這路邊都是高聳的山林，能見度相當的低。

「羽凡……」努力騎在身邊的李如雪也覺得不舒服了。

「妳騎到我旁邊來，別跟在身後。」王羽凡揮揮手，她怕萬一李如雪出事，她會來不及反應。

從書包中拿出備用手電筒，她單手握著照亮前方，讓李如雪騎在前面，因為這條路超級崎嶇不平，好像根本是泥土路！

「雪，妳還好嗎？」王羽凡忽然用了極度親暱的叫喚方式，「騎穩一點喔，我看兩旁都是魚塭！」

「好……我還好！」李如雪即使覺得很奇怪，但她正努力維持平衡，無心管那種小細節。

王羽凡是越野腳踏車，加上她運動神經極度發達，這種路況根本不放在眼裡！只是……她拿手電筒往遠處探照，卻發現根本沒有車隊的蹤影，歪頭思考一下，她決定在還沒迷路之前，先循原路回家。

「雪，停一下！」她喊著，前頭的腳踏車軋然停止。「我覺得別跟了，我已經看不見冷仔的囂張車尾燈了。」

「好！」當然好，事實上她快嚇死了。

兩個人紛紛將腳踏車調頭，王羽凡又讓李如雪騎在她前面，當她跨上腳踏車、手電筒順手一揮時——瞬間發現在她的斜前方，還有一條細小的蜿蜒小路！而那小路的盡頭，正閃著熟悉的車尾燈！

他們去那裡做什麼？天一黑，她就不太認得路了！這兒到底是哪裡？

對於不懂的事就得弄明白，這是她向來的行事風格！

「咦！羽凡，妳看！」連李如雪也注意到了！

「叫我凡就好。」王羽凡莫名其妙地交代著，「我要跟上去，妳順原路回去好了！」

「不要啦！我都來到這裡了，哪有半途而廢的道理？」李如雪堅持地嘛起嘴。

唉呀呀，敢情是平常壓抑太久了，好不容易有個探險的機會，李如雪就格外興奮嗎？

王羽凡笑了起來，她是沒關係啦，只拜託等一下她不要哭著喊回家就好了。

李如雪先行，兩個人望著前頭的一片漆黑，就知道再不趕快，等會兒又要追丟同學了！

一路追趕了五分鐘之久，她們卻意外地在路邊發現一整列擺放得亂七八糟的腳踏車，附近卻杳無人煙。

奇怪？王羽凡架好腳踏車，手電筒胡亂照著，她眼前應該是一片密密麻麻的林子，沒燈她實在很難認，學校附近的竹林多到數不完，她怎麼記得是哪個啊？

問題是一票同學跑到這裡來做什麼？

「凡……我們可不可以走了？」身後的李如雪拉了拉她，她想走了，這裡好陰森喔！

「我覺得怪怪的。」她認真地往林子裡瞧。

「我也是……」李如雪的聲音在哀鳴，這裡別說伸手不見五指了，風吹林間的聲音，都像有誰在悲泣。

「我進去看一下，妳在這裡不要跑喔！」王羽凡認真地回頭警告同學，「完全不要移動身子，五分鐘我沒出來，妳就離開！」

「哇呀——」王羽凡不提還好，一警告李如雪就嚇得花容失色，「我……我不要一個人在這裡！」

「可是妳跟我進去說不定有危險！」王羽凡心裡想的其實是，妳這麼愛漂亮，進去一定會弄得髒兮兮的，出來又要怪我了。

「總比我一個人待在外面好啦！」李如雪緊揪住王羽凡，深怕她一溜煙就往林子裡跑。

「那好吧，跟緊喔！」王羽凡聳了聳肩，是她自己說要跟的喔！

林子很密，在黑暗中更是難以辨識，兩個女孩穿過了穿插的細枝，李如雪覺得衣服都快被割破了，忍住尖叫，拉著王羽凡的制服碎步走著；前頭的王羽凡倒像披荊斬棘的勇者似的，隻手一揮就把前頭礙事的樹枝全擋到一邊去，不愧是全市柔道冠軍。

終於，她們瞧見了前方一堆手電筒的燈影，在那兒舞動。

「我說——」王羽凡故意關掉手電筒，站在漆黑的數公尺之遙拉開嗓門，「你們這麼晚了窩在這裡幹什麼！」

「呀——」女生的尖叫聲立刻竄起，緊接著是男生的叫聲。

慌亂的手電筒往這兒來，王羽凡這才把手電筒打亮，還一臉勝利的笑容，「嘿！嚇到了吧！」

「……」帶頭的男生氣得吹鬍子瞪眼！「靠！妳嚇死人啊！」

王羽凡拿著手電筒一探照，發現以冷諺明為首，一票六個同學圍成一個圈圈，除了隔壁班的阿才外，全都是班上同學。

為首的當然是冷諺明，老師跟訓導主任都頭痛的「大哥」，他身邊跟著他的「小弟」，一個是小余、一個是豬頭；而非常特別的是還跟著兩個女生，意外的不是「大姊大」喔，竟然是班上文靜的鄭欣明跟廖雅倩那對死黨。

王羽凡對這個組合感到詫異，很難想像完全不同黨的人會湊在一起，隔壁班的阿才跟冷諺明從小是同學就算了，只是欣明她們怎麼會跟冷仔一塊兒到……荒郊野外來呢？

「冷仔，就知道你帶的頭，帶大家來這裡幹嘛？」王羽凡悠哉悠哉地走上前，發現兩個女生正蹲在一個小土丘上，不知道在忙和些什麼。

「妳才奇怪了，妳為什麼會在這裡？」冷諺明完全是大哥口氣，在班上擅長打架鬧事，還收了一票小弟咧。

「跟你們來的啊，一看就知道來做壞事的！」王羽凡身為風紀股長，無時無刻不忘自己的本分。「地上這什麼啊？」

王羽凡把手電筒往地上一照，發現欣明她們竟然拿著一疊疊的紙錢，正在堆出一個立體小巨蛋……不對，是八卦型的空心筒？「靠！這是什麼！你們在玩紙錢疊疊樂？」也沒必要到這裡來玩吧？

「嘿，這是試膽大會！」冷諺明喜孜孜地公布了這票同學的目的，手裡揚了揚列有七大傳說的紙張。

試膽？王羽凡一臉不可思議地望著同學，敢情大家是閒得發慌嗎？可是就連寡言的小倩也都認真地點頭，雙眼還發出一種渴望的光芒。

「風紀，妳沒有聽過七大不可思議的傳說嗎？」小倩以軟呢的音調說著，「從我們學校到整個市鎮，都有很特別的傳說喔！」

「什麼傳說？」王羽凡皺起眉頭，「如果是禁忌傳說，你們就更不該碰吧？」

「我們就是來證明的啊！」鄭欣明很興奮地握住王羽凡的手，「妳不覺得這七大傳說很詭異嗎？根本就沒有人證實過真假！」

王羽凡的神情異常嚴肅，深吸了一口氣，鄭重地看著同學們，「我的經驗告訴我，很多傳說跟禁忌，最好是寧可信其有，沒事不要去挑戰真假……」

「為什麼？妳膽子這麼小啊！」阿才恥笑起她來了。

「是啊，那又怎樣？」王羽凡倒是不甘示弱，「你們膽子大，萬一真的叫出什麼了，誰能解決？」

萬一真的叫出什麼？眾人聞言，不禁跟著打了個哆嗦，所有人抱持的都是不相信的想法，但潛意識裡總有些恐懼，這個王羽凡幹嘛講出來啦！

「別聽她亂說，哼，膽小鬼！」哼哈二將開始數落起王羽凡，他們可不願不戰先敗啊！

王羽凡的後背被李如雪緊抓著，她一點也不認為試膽是好事，擔憂的左顧右盼，這裡的每一棵樹好像都盯著他們瞧喔！

冷諺明此時蹲下身子，從口袋中拿出打火機，忽地點燃了一張冥紙。

王羽凡瞬間也蹲下，下意識握住他的手，制止他用那張冥紙點燃那一整疊。

「你在做什麼？這種東西不能亂碰的！」她正經八百地瞪著冷諺明，「大家快回去，聽我的話，沒事不要碰什麼禁忌！」

「哈！妳平時不是很恰嗎？想不到跟老鼠一樣？」小余冷冷地笑著，他們當然都不喜歡王羽凡，因為就只有這位風紀不把他們放在眼裡！「這多半都是傳說，我們就是來打破迷信的，妳還信以為真啊？」

「不，傳說都有其根源的，不該拿這種事開玩笑。」王羽凡語重心長地警告，「我經歷過的事，你們絕對難以想像。」

身後的李如雪聞言，已經哭出來了。

「什麼叫試膽？就是不試試怎麼會知道！」冷諺明咧嘴一笑，忽地就鬆開了手！

王羽凡伸手想攔下那張冥紙，卻突然颳來了一陣詭異的風，讓那張冥紙以九十度的角度往上飛起，簡直是刻意繞過王羽凡的手掌，再往下落去！

所有人都親眼見著那離奇的飄飛方向，只有目瞪口呆！

燃著火的冥紙，落在了地上那堆疊奇特形狀的冥紙堆裡，轟然一陣火燄竄起，在這死寂的黑夜中點燃光明。

右手放在冥紙上方的王羽凡及時把手抽回，火燄雖然有竄燒上她的手，但是為什麼……火燄是冰涼的？

她吃驚地望著自己的右手，沒有傷痕，但有種透骨的涼從手骨裡蔓延開來。

風，突然大了起來，這一瞬間，其他參與試膽的同學也開始覺得有點毛骨悚然。

怎麼覺得有種壓力，自四面八方湧了過來？

劈啪！

咦！所有人莫不怔然，這林子裡落葉跟枯枝遍布，剛剛大家一路走來時，腳下不停地踩著斷枝，才會發出那樣的聲音，而王羽凡因為是循著大家走過的路走進來，因此發出的聲音就少了許多。

而現在，那個聲音是從反方向傳來的！

圍成一圈的人們開始緊張，他們拚命揮舞著手電筒的光，唯有王羽凡屏氣凝神地站著，緊握住身後李如雪的手，悄聲地要她別亂動；難道沒有人感覺到，氣溫瞬間降低了許多嗎？

「這裡的傳說是什麼？」王羽凡壓低聲音問著。

「咦咦？」連一向自以為很大尾的冷諺明都慌了，「說……是說……喔，沒有星星及月亮的晚上，到這片林子找處隆起高地，把冥紙堆疊成八卦狀，然後拿另一張冥紙點燃它，就……就會有異狀！」

「籠統！什麼異狀？」同學們不知道，王羽凡面對妖魔鬼怪，其實也算「身經百戰」了！

「嗄？沒……沒講啊！」冷諺明慌亂地拿出口袋裡的一張紙，拿手電筒照著，「上面就是叫大家不能靠近，說會有含冤而死的厲鬼，找打擾它睡眠的人算帳……」

劈啪！腳踩枯枝的聲音更近了！

冷諺明跟其他人慌亂地拿手電筒往聲音的來源照去，王羽凡趕緊低聲要他們別亂照！基本的夜遊禁忌沒有一個人知道嗎？呿！既然要搞試膽大會，該做的事總是要做吧？一點都不專業！

「大家一起走，聚在一起——」王羽凡才在高喊，電光石火間，大家眼前那團燃燒的火燄，竟瞬間熄滅。

「呀——」膽小的李如雪，率先尖叫出聲。

「李如雪！妳閉嘴！」冷諺明氣急敗壞地怒喊，藉憤怒來掩飾自己的恐懼。

四周陷入一片徹頭徹尾的黑暗，所有人一時間都被這景象嚇傻了，連就在冥紙邊的王羽凡都呆住了，她不由得低頭望著那堆突然熄滅的火團，完全想不到任何合理的「科學解釋」。

而自冥紙中央竄起了陣陣白煙，那白煙集合成一團，絲毫不想散去似的，緩緩升到半空中，與王羽凡或是其他人差不多高。

接著，那團白煙，漸漸出現了人類的臉龐。

忘記是誰先尖叫的，然後是一場可怕的逃亡。

「不要慌！大家一起走！」王羽凡還在聲嘶力竭地尖叫著。

沒有人聽，她可以聽見同學的慘叫聲、摔倒的聲響，還有人已經遠遠地逃往出口了！

一時間，明明要試膽的同學成了鳥獸散，而她跟李如雪這兩個插花的，卻還呆站在原地。

李如雪根本被嚇得無法動彈，只能緊抓著王羽凡不放。

「好吧，我們走了！跟好喔！」王羽凡完全不理會白煙，拿手電筒照亮回家的路。

「那……那個……」李如雪全身不住的顫抖，她指的是那團白煙。

「不要理它。」當做沒看見就是了！反正對方也不確定她們看得見看不見，阿呆說過，眼不見為淨是吧？

只是她下意識還是望了一眼那霎時熄滅的冥紙堆，她有非常非常非常不好的預感。

『不……能……走……』

才走下土丘沒幾步，身後突然傳來了幽幽的聲音。

「不要回頭！」王羽凡即刻出聲告誡李如雪。

『還沒結束……還不能……』

王羽凡深吸了一口氣，後頭的李如雪根本已經兩腳癱軟，她得硬拉著才能逼她往前走。

『不可以……一個都不行……』

那聲音陰惻惻的，隨著風飄到她耳裡，李如雪也聽見了，她幾乎停下了腳步，任王羽凡怎麼拉也拉不動！

「喂！」她直視著前方嚷著，「妳想不想離開這裡啊？走啊！」

「我……我的腳……」李如雪的聲線不成調，抖個不停。「有人抓住了我……我的……」

王羽凡一凜，扣緊她的手，「左腳還右腳？哪個地方？」

「右……右腳……」李如雪已經泣不成聲，「有人抓住我的腳了——我的——」下一秒，她就歇斯底里地慘叫起來。

王羽凡沒有回頭，而是大步向後退，來到李如雪的身邊，她正瘋也似的又叫又跳，但是她的右腳怎麼樣就是拔不起來。

低首一瞧，李如雪不是樹枝絆住、也不是心理作用，那確實是一隻手。

一隻已化為枯骨的手，上頭還有著青綠色的乾腐肉，修長並曲起，緊扣著李如雪的腳踝不放。

哎，王羽凡嘆口氣，她覺得要是把這件事跟馬吉講，她可能會被罵死。

王羽凡雙手架住了瘋狂的李如雪，要她鎮定點，這樣跳來跳去，她要怎麼幫啊？好不容易讓李如雪穩定下來，只見王羽凡冷冷地瞥了那枯骨一眼——舉起右腳，狠狠地就踩了下去！

開什麼玩笑！好歹她是個人，那卻是隻沒有肉的骨頭耶！她王羽凡一腳踩不斷韌帶，她還用得著拿冠軍嗎？

啪嚓一聲，那枯手的腕關節應聲而碎，徹底分離，王羽凡再用腳尖把那隻手掌給撥開、踢得老遠，然後從容的望著李如雪給了一抹笑，「好了，我們可以回家了。」

眼見李如雪三魂七魄大概全掉了，瞪大雙眼看著王羽凡，她只好把李如雪往前推著走，她沒暈倒，真是該謝天謝地！

至少不必揹著她走對吧？

那群同學平常體育課跑得那麼慢，還有掛病號的，怎麼出事時跑得比她還快啊？一轉眼就不見人了，連個聲音也沒留下。

王羽凡走進密密麻麻的林間，眼看著出口已在前方。

她不知道，在土堆的正下方，還遺留了一個同學。

瘦小的阿才躺在土堆下，他瞠著布滿血絲的雙目，動彈不得。

剛剛兵荒馬亂之際，他被冷諺明推下土丘，原本打算要跳起來奔離的，卻發現土裡竄出了無數雙手，緊緊地將他扣緊在地面。

他聽見王羽凡的聲音，原本想大叫，有隻腐爛的手卻握著一個飽拳，塞進他的嘴裡，讓他無法出聲！

沒有人了！他什麼都聽不見了，同學不見了，連王羽凡都走了，現下這片樹林，只剩下他跟這堆枯骨，還有盈滿鼻息與五臟六腑的腐臭味！

他只能望著天，在這密不透風的林梢，連深藍色的黑夜都見不到。

冥紙上的白煙未曾散去，那張臉龐緩緩的飄移，轉向了被定在地上的他。

那是個只有窟窿的人類臉龐，下垂的兩個窟窿代表眼睛、隆起的部分是鼻子，然後小小的洞是嘴巴……

為什麼會有這種事？傳說是真的嗎？冷大沒注意到他沒跟上嗎？

那白煙湊近了阿才，像是凝視了一會兒般，然後那嘴咧開……笑了。

即使沒有眼珠、沒有聲音，阿才還是知道那白煙鬼在笑，而且笑得非常的喜不自勝！

為什麼？因為他嗎？因為還抓到一個他嗎？

咧嘴而笑的白煙開始變化，它的嘴越來越大、越來越大，大到彷彿那團凝結的白煙只剩下那張巨大的嘴。

腐爛的拳頭自阿才嘴裡抽了出來，連同他身上的枯手也倏地竄進地底。

阿才坐了起來，反胃不停地湧上，他吐了一身都是。

沒有忘記要逃命的他，轉過頭，準備站起。

他迎向了一張偌大的嘴。

明明只是陣白煙啊、明明該透過那煙望向後頭的夜色，但是他看到的卻是……在那喉頭裡的萬頭攢動！

有一堆血淋淋的人頭，在小舌下拚命地扭動著。

咔——嚓。

白煙罩住阿才的頭，狠狠地咬了下去。

夜風徐徐吹來，林間枯枝沙沙作響，咔嚓咔嚓……白煙被吹散了，如果有微弱的光芒，

就可以見到那黃土上跪了一個像學生的人影，卻沒有頭顱。

學生啪噠地倒了下去，紅血慢慢地流開，滲進了黃土裡，土壤貪婪地吸收著。

林外的腳踏車，還剩下一台，不知道為什麼摔進了水溝裡，連最後離開的王羽凡都沒有瞧見。

第二章　日月之間的高中女生

傳說之二——日月之間的高中女生

受到排擠的自閉高中女生，因為一直無法被接納，於是選擇在日月之間跳樓自殺。她死了之後，靈魂無法昇天，很多學生常在窗戶邊或樓梯間，看見有女生的影子，並且不停地說：「跟我做朋友吧！」

傳說，只要有人有想死的念頭、或是表達出對她的同情心，就會被她帶走魂魄，成為她的同伴。

阿才已經失蹤一星期了。

這件事到這兩天才傳開，因為阿才的父母離異，他跟祖母住在一起，平常他就相當叛逆又愛蹺課，不回家司空見慣；因此這一次失蹤，祖母也以為是孩子又蹺家了，根本不以為意。

一直到天數實在多得有點誇張，導師也跟祖母聯絡，問遍了他可能去寄住的朋友家、也找遍了網咖，就是沒有他的下落，事情才爆發開來。

唯有八個人，感到事情有異。

「大仔，阿才好像是上星期四那天晚上就沒回家耶！」小余蹲在地上抽菸，愁容滿面。

上星期四，就是試膽大會的第一天。

雖名為試膽大會，但從上星期四後，就沒有人再去嘗試第二次聚會，甚至根本是絕口不提，大家彷彿當那天沒發生過事情。

因為從那天起，所有人都心神不寧。

鄭欣明跟廖雅倩兩個人心不在焉，週考的成績掉得很誇張，才被導師叫去約談，他們這幾個被放棄的都在蹺課，利用蹺課的時間找尋阿才的下落。

一開始冷諺明也以為阿才只是又蹺課而已，但是手機都打不通，他越想越奇怪，帶著兩個小弟到處問，他常去的網咖也說一直沒見到他。

然後，他們開始作惡夢。

「豬頭，你……記得那天的事嗎？」冷諺明也蹲下身來，菸一根接一根地抽著，「後來那個火莫名其妙熄了之後，大家都跑了對吧？」

「嘿……嘿呀！」豬頭叼著菸的手在微顫，他巴不得不要再想起那晚的事情。

「那有人看見阿才跟我們一起跑出來嗎？」冷諺明問了藏在他心底的問題。

阿才沒來上課之後，他一直想一直想，回想著那天晚上的恐慌與逃亡！

大家都站在小丘上，然後因為有人的尖叫劃破了恐懼，所有人就朝四面八方逃逸⋯⋯他記得自己跑得比誰都快，手還不知道揮到誰，然後差點摔了個倒栽蔥！

可是那時平衡感超好，不但沒有摔倒，還只有踉蹌數步，接著拔腿就往出口的地方奔去！一路上看到欣明、看見小余跑得比他還快，大家的手電筒亂揮亂照，但都還記得進來的方向。

穿過林間時他兩隻手臂被刮得全是傷，布滿細小的傷痕，但那時一點也沒感到痛，只知道衝出來，找到自己的腳踏車，跳上去就沒命地騎。

小余早就騎走了，豬頭跟在他身後喊著大仔大仔，兩個女生又氣又急地把腳踏車弄倒了還在哭，多出來的兩台應該是王羽凡跟李如雪的，他根本沒心情理那麼多，自顧自地逃命。

在他的回憶當中，沒有阿才的聲音、沒有他的身影，奇怪的是⋯⋯也沒有他的腳踏車。

阿才那台車烤銀藍色的漆，很炫的車子，就算再黑再暗，手電筒晃過去也會閃出光澤，但是他想破了頭，就是不記得阿才的車子在那裡——更別說進去前，阿才的車子是停在他旁邊。

他衝出來，抓著腳踏車往前邊跑邊騎，身邊卻是空的。

所以他忍了好幾天，等到今天連記者都來了，他才找豬頭他們來問話。

三個男生圍成一圈，學成熟大人一樣的抽著菸耍屌，但是沒有一個人回答冷諺明的問題。

「按！啞狗喔！（啞巴）」冷諺明怒氣沖沖地啐了聲，「有沒有人看見阿才啦！」

「沒……沒有啦！」豬頭戰戰兢兢地回答著，那時的他都深怕跑不及了，哪有時間理別人啦。

「我也沒有……」小余當然沒有，因為他是所有人中跑最快的。

頂樓又陷入沉默，每個人都若有所思。

「要不要去問風紀？」小余提出了有建設性的建議，「她好像最晚離開那裡。」

冷諺明瞥了他一眼，不甘願地扯扯嘴角，王羽凡那虎霸母喔，學校就她一個人沒把他冷諺明大哥放在眼裡啦！動不動就拳腳相向，會柔道了不起喔，明天他也要去學跆拳道啦！

他才不是在怕她咧，是尊重！好歹王羽凡是個女生，他是紳士，要讓她！

「豬頭！你去問那恰查某！」冷諺明立即派工作給小弟，開玩笑，這種小事需要他大哥親自出馬嗎？

「嗄啊？」一聽見要去跟風紀交涉，連豬頭都不太甘願。

「嗄什麼小朋友？叫你去你就去！」冷諺明不耐煩的大聲起來，「你給我低調一點問喔！現在學校裡都是記者，不要給我鬧到大家都知道！」

豬頭很為難地起了身，他也不喜歡跟風紀講話啊，大哥要他低調，說不定等問了王羽凡後，全世界都知道了！她嗓門超大的，說不定還沒開口，就被逮著去做今天沒做的值日生了。

不過，在豬頭要離開頂樓前，門卻突然開了。

這讓豬頭嚇了一跳，原本以為是導仔或是主任教官之流，結果竟然是風紀王羽凡！

「果然躲在這裡！」王羽凡頭一昂，瞪著跟她不到一公尺距離的豬頭，「什麼時候了！打掃時間至少把自己的工作做完！」

豬頭呵呵地賠起笑臉，下一秒卻被水潑得滿臉都是！

一連串髒話出口，他誰也沒瞧清，提著水桶的王羽凡已經掠過他身邊，依樣畫葫蘆地把剩下的水潑在冷諺明跟小余身上。

三個落湯雞錯愕地看著彼此，王羽凡仔細端詳那已熄滅的煙，非常好。

「未成年不該抽菸！」她微微一笑，「我拜託你們一下，有本事用自己賺的錢去買菸好嗎？菸很貴耶！」

「王羽凡！妳是想怎樣！」冷諺明扔下濕透的菸，氣急敗壞地站起來瞪向王羽凡。

不過很可惜，氣勢上就差了那麼一截。

王羽凡高二時又長高了十公分，現在是一百七十八公分的柔道冠軍暨風紀股長；而人人生畏的大哥冷諺明，身高只有一百六十二，除了耍狠之外，動起手來一定被打到仆街。

「我想幫助同學，OK？剛剛是訓導仔要上來抓你們，現場抓到一人一支小過！是我擋了下來，說我會上來請你們把菸熄了！」王羽凡嘆了一口氣，「你們鬧那麼大的事出來，就只會躲在頂樓抽菸嗎？」

「鬧什麼事……」冷諺明心虛地閃躲王羽凡直率的眼神。

她不悅地扁了嘴，往門口看去，有三個臉色一樣難看的女生，魚貫地走了進來；想當然耳，他們就是鄭欣明、廖雅倩跟李如雪。

試膽大會那天晚上所有的成員，全部又聚首了。

「現在是怎樣？」連豬頭都會良心難安。

「我……」鄭欣明率先開口，「我一直在作惡夢！夢見有人要我繼續去把試膽完成！」

「我也是！」廖雅倩緊緊握著鄭欣明的手，聲音有點哽咽，「我夢見隔壁班的阿才，手上拿著七大傳說的列表，一直對我招手！」

「什麼七大傳說的列表……」冷諺明不安地拿出皮夾，「那張紙我一直夾在皮夾裡！」

只見他掏出皮夾，左翻右找的，卻遲遲拿不出一張像紙條的東西！後來小余也急了，上前幫忙找，怎樣就是找不到那張列著本市七大傳說的便條紙！

「啊！那天你不是拿出來給我看了嗎？」王羽凡突然想起來了，「在樹林裡，拿出來對我揮了半天，然後咧？」

然後？然後大家就嚇得逃之夭夭了！哪有然後啊！

「該不會掉在那裡了吧？」豬頭一臉恐慌，「跟阿才一起留在那邊……」

「呸呸呸！不要烏鴉嘴！阿才不會有事的！」冷諺明跳了起來，連啐了幾口口水。

廖雅倩整個人變得很恐懼，因為她夢見阿才拿著那張紙揮舞，而冷諺明的單子真的就這樣不見了？

那不是表示，她的夢不只是夢境了嗎？

她害怕地勾著鄭欣明的手，兩個人極度不安地望向李如雪，不知道如雪有沒有夢見什麼？

因為李如雪這幾天變得非常非常的安靜，靜到一種逼近隱形人的存在，老師上課也不太會叫她，她也不跟任何同學說話，總是一個人坐在位置上，像發呆似的望著窗外，或是埋頭在筆記本裡寫東西。

「如雪？」王羽凡戳了戳她，那天她還特地送李如雪回家，被李爸爸扔了好幾記白眼，直說是她害如雪超過門禁才回家的。

「阿才已經死了。」李如雪一開口就是驚人之語，「他那天晚上就已經不在人世了！」

宛如宣判一般，所有人的心都跟著沉了下去。

「妳是在胡說八道什麼！幹嘛隨便咒人死啊！」冷諺明氣得跳腳，指著李如雪大吼起來。「妳是看到了還是怎樣！」

「留在那邊怎麼可能不死？」下一秒，李如雪以狠毒的眼神瞪著冷諺明，「你把他留在那邊的不是嗎？大家不是都跑光了嗎？」

王羽凡倒抽一口氣，李如雪好像不太……不太對勁耶！

「哈哈……大家都應該死！誰叫你們要玩什麼試膽！」李如雪一個人逕自狂笑起來，「喜歡試膽嘛！試到不該試的東西了吧……哈哈哈！」

「如雪！」王羽凡趕緊上前，拉了拉李如雪，敢情那天之後她就被嚇成這樣，一直都沒正常嗎？

鄭欣明和廖雅倩兩個女生縮到一邊去，因為李如雪的樣子看起來好可怕，活像得了失心瘋的女人一樣，一個人又哭又笑的。

笑個不停的李如雪突然看著王羽凡，雙手扣住她的雙臂，用怨恨的眼神看著她，「妳！都是妳害的！妳為什麼要把我帶去那裡——為什麼！」

「是妳自己要跟的！」王羽凡立即反駁，凶什麼啊，「我早就叫妳回去了，別把錯推到我身上！」

李如雪掐得她手臂好痛，王羽凡使勁一推，就把她推倒在地。

把袖子往上一撩，李如雪竟然用指甲箝住她的手，手臂上都是深刻的指甲痕了！

狼狽摔落地的李如雪開始哭泣，精神明顯不正常。

「我們得回去竹林看看。」王羽凡憂心忡忡地提出建議，「今天放學就去好了，不管怎麼樣，再去那裡一趟。」

「再去！」鄭欣明失聲尖叫。

「都快夏天了，白天很長的，我們別去補習，一打下課鐘就閃人！」王羽凡盤算著，至少在日落之前來回，「萬一阿才在那邊，我們好歹也要報警吧！」

「不能直接報警跟警方說那片林子嗎？」廖雅倩比較聰明，想到不弄髒自己的手的方式。

所有人拚命點頭，那群要去試膽的人，現在一個個都不敢回去原點了。

王羽凡沉吟了一會兒，歪歪頭，決定拿出手機來。

「我說老實話，那個地方有問題，陰氣非常的重！」王羽凡開門見山地跟大家說了，「不管你們信不信，我經歷過太多厲鬼了，萬一那邊有問題，我們就應該自己先去解決。」

「咦？妳、妳經歷過……」小余頓時瞠目。

「我先來試驗一下，我有個朋友呢，看得見我身上有沒有跟些什麼……」視訊電話咧，

嘿，找到了！王羽凡愉快地按下，「我跟他通個電話，再來決定。」

看得見？王羽凡有陰陽眼的朋友？

只見王羽凡還特地撥撥頭髮，擠出個最好看的微笑，看得鄭欣明狐疑不已，怎麼一臉要見男朋友的模樣呢？

「嗨！」一打通，她給了一個熱情的招呼！

『怎麼下課打給——王羽凡？』手機是擴音的，電話那頭出現拉高的音量，『妳是去哪裡沾上那麼多東西的？』

「有嗎？幾個？」王羽凡試圖把手伸直，指著自己的肩膀，「肩膀有嗎？還是頭上？」

『基本上現在我的手機畫面裡就不是妳在跟我講電話！醜八怪！』男生不爽地咒罵，喃喃對著手機唸了幾句。『給妳的東西沒戴嗎？』

「戴著戴著。」王羽凡往旁邊瞥了一眼，再把手機對著同學掃了一遍，「跟你介紹，這是我同學喔！」

等把手機再拿到面前時，王羽凡就不敢說話了……因為螢幕的另一端，出現一張如同修羅般的臉。

『王、羽、凡。』

「我上星期不小心去了一個地方，結果我同學在玩試膽大會，然後現在有一個同學失蹤了！」她簡單扼要地把重點說完，「今天放學我們要去那個地方找人！」

『四點四十。』餘音未落，對方手機就掛斷了。

王羽凡吐了吐舌頭，死定了，看表情就知道阿呆火冒三丈，她會不會被罵到臭頭啊？可是她非常小心，試膽大會又不是她去的，她只是去「規勸」同學回家而已吧？

阿呆可能會要她不要管這等閒事，因為又不是她主辦的試膽大會！可是現在都搞成這樣了，她應該可以稍微關心一下吧？

收好手機，她這才留意到眼前一票慘白的臉孔。

「喔，我同學，叫阿呆，家裡開廟的！」她眉開眼笑，「就有點陰陽眼，會一些驅鬼術，我剛剛拿手機朝你們掃了一圈，他臉比鬼還可怕！」

「為……什麼？」廖雅倩虛弱地問。

「當然是因為我們身上有討厭的東西啊！」王羽凡嘆了口氣，「四點四十分在校門口集合，他會來的。」

「可以不去嗎？」豬頭原本就膽小如鼠，「萬一……萬一阿才真的在那邊……」

「那就要讓他入土為安。」王羽凡接口接得俐落，「塵歸塵、土歸土，總是要他安寧。」

冷諺明有點錯愕，沒有想到這個粗魯女，竟然會如此的從容？她不只對他這個大哥膽子大，連對阿飄也一樣嗎？

「我先下去了！」王羽凡一副泰然貌，離開了頂樓。

「她真的遇過厲鬼嗎？」小余突然寄予信任了。

「不知道，可是她好從容喔！」鄭欣明攙起了李如雪，「不管怎樣，我想跟著她。」

「我是一定會去啦！如果阿才在那裡的話！」冷諺明緊皺著眉，他祈禱阿才不會在那裡，一切安然無恙。

冷諺明要帥地離開，兩個小弟也亦步亦趨的跟上，鄭欣明跟廖雅倩一人扶著李如雪的一邊，決定先把她帶去保健室再說。

「如雪，妳冷靜一點，不會有什麼事的。」

「來不及了……」李如雪忽然抬頭，表情再正常不過，「為時已晚。」

「什麼？」兩個女生不明所以。

「詛咒一旦開始，就不會停止的。」她竟嫣然一笑，「你們要試膽，就得試到最後——」

李如雪忽然使勁地甩開兩個女生的手，害得鄭欣明跟廖雅倩分別撞上頂樓的門再跌倒！緊接著李如雪一扭頭就死命地往頂樓的邊欄衝去，幾乎毫無阻礙的一骨碌跳上女兒牆，瘦小的腳板踩在只有幾公分寬的石牆上頭。

「李如雪！」廖雅倩目瞪口呆地望著她。

只見李如雪緩緩回頭，望著她們兩個，兩行清淚緩緩流下，跟著揚起一抹淒楚的笑容。

「救我。」

她這樣說著，身子卻像被人自肩膀扯拉出去一樣，一把扯到了半空中。

然後墜落。

卡在門口的兩個女生瞪大雙眼，只聽見重物的落地聲，然後是此起彼落的尖叫。

她們只能四目相交，渾身不住的顫抖。

「欣明……妳、妳記得第二傳說是什麼嗎？」廖雅倩忽然想起一件要不得的事。

「……」鄭欣明一顫，恐懼不已的望向摯友，「跳樓的高中女生，一直在尋找一起玩的同伴。」

「只要有人侵犯她自殺的地盤，她就會把對方逼到頂樓，然後拖著她跳樓。」廖雅倩接著唸出記憶中的傳說——一起做朋友。

「有……有查出來是哪間學校嗎？」

「不……不知道！要問冷諺明，他說第一個試膽完，才要告訴我們第二個的地點。」

廖雅倩緊張地嚥了口口水。

兩個人不約而同地往李如雪跳樓的地方望去，難道，第二傳說就在她們學校？

『嘻嘻……』

詭異的嘻笑聲忽地傳來，讓鄭欣明緊張地左顧右盼。

然後，有一顆頭自她們面前的水泥地上，緩緩浮了起來。

那是個陌生女孩的臉孔，看起來跟她們年紀相仿，正穿透著水泥地，露出上半截身子。

鄭欣明跟廖雅倩立即摀住嘴，兩個人連尖叫都不敢。

只能看著那個女生的鬼魂在大白天出現，她終於整個人都站出水泥地外，而雙手卻拉著另一隻手。

使勁扯著、拉著，地板又浮出另一個高中女生。

這個她們都認識，幾秒鐘前，她還在跳樓前哭喊著救我。

李如雪。

『新朋友……』頭骨裂開的女生，愉快地抱著李如雪，笑得花枝亂顫。

而李如雪動也不動，她的七孔都流著血，手腳全部摔斷。

一顆眼睛因為壓力而被擠了出來，連著神經線掛在她原本漂亮的臉龐上，而另一眼直視前方，落在鄭欣明跟廖雅倩身上。

她舉起右手，開始招……呀招。

「嗚哇——」鄭欣明再也受不了了，鼓起勇氣地扶著門一躍而起，頭也不回地衝了出去。

廖雅倩跟著踉踉蹌蹌地逃離了頂樓，她真希望那一切都是幻覺，鬼是不會在大白天出來的！

跑到一半，她們就跟上樓的冷諺明撞個正著，淒厲的尖叫聲迴盪在樓梯間，所有人都在發洩極端的恐懼！

等到一回神，大家爭先恐後地訴說自己的想法，語言交雜在空中，卻沒一句能聽得懂！

「那邊在叫什麼！」老師經過，狠狠地斥責他們一頓。

這非常有效，至少讓所有人安靜下來。

「李如雪跳樓了，妳們知道嗎？」小余悄聲地開口。

鄭欣明跟廖雅倩臉色蒼白地點著頭，「她突然發狂，把我們推開，然後就爬上圍牆了！」

「按！小聲點！」冷諺明眉頭緊蹙，比了一個噓，「現在要是聲張了，誰都吃不完兜著走！」

「不……不說嗎？」鄭欣明詫異極了。

「說什麼？說她跳樓時妳們在場，還沒阻止她嗎？還是要說她莫名其妙的發瘋，自己跳樓？妳們猜老師跟警方會不會信妳們的話？」冷諺明不屑地白了她們一眼，「功課好有屁用，用腦子想事情好不好？」

兩個女生聞言，只有面面相覷的份，因為冷諺明說的沒錯，不該讓任何人知道，李如雪自殺時，她們就在現場！

「大仔說得有理，萬一老師又問妳們在頂樓幹嘛？難道我們要說在討論阿才的事？」豬頭欽佩起冷諺明來，「這事情越滾越大就糟了！」

五個人群聚在一起，即使什麼都不說，大家也都知道，事情大條了！

一個好玩的試膽大會，竟然演變成如此，一個同學失蹤、一個同學跳樓，每個事件都不尋常！

「那個……」廖雅倩扯了扯鄭欣明的手，兩個人在猶豫要不要把樓上發生的事講出來。

「怎樣？」冷諺明粗聲粗氣的，他心裡頭亂，就一個試膽，為什麼搞出這麼多事？

「如雪跳樓前說了一些話……然後我們還看見她跟另一個高中女生的……鬼……鬼魂！」

三個男生登時立正站好，緊張地倒抽一口氣，大白天就見鬼了！

於是比較冷靜的鄭欣明把剛剛發生的事說了一遍，還有她們衝下樓前，看見同學死狀悽慘的鬼魂！

「現在才兩點耶！」小余渾身都發冷了！

「問題是我們兩個都看見了！」廖雅倩急著說明。

「等一下！不要急！她說試膽一定要試到完嗎？」冷諺明聽到的是重點。

「嗯！還說詛咒一旦開始，就停不下來……」鄭欣明忍著淚水哽咽出聲，「我們是不是招惹到不好的東西了？」

冷諺明沒說話，緊鎖著眉頭思考，李如雪平常不是那種會亂說話的女生，這一個星期來也很怪異，說不定她是……哎呀，老人家說的奪舍——被上身了！

所以她是在傳達什麼訊息吧？也因為如此，她跳樓不是自願的，才會回頭向鄭欣明她們求救！

「大仔，第二個傳說是什麼？」小余也想到了關聯性。「是不是找同伴的高中女生？」

「嗯？嘿呀！」冷諺明點了點頭。

被排擠的高中女生，因為一直無法被班上接納，自閉的她決定選在日月之間的教室頂樓，跳樓自殺。傳說自從她死了之後，靈魂無法昇天，一直在找尋玩伴。

因此只要有人有想死的念頭、或是表達出對她的同情心，就會被她帶走魂魄——也就是一起跳樓。

「傳說發生在哪裡？」鄭欣明緊張兮兮地拉住他的手追問。

「不知道！只知道那個高中女生是在日月中間自殺的！」冷諺明不耐煩地甩開鄭欣明的手，「試膽本來就是要大家一起去找，我怎麼知道會搞成現在這種樣子！」

「日月之間……」豬頭突然舉起了肥滋滋的手，「我們教室前面那一棟，好像叫月慈

樓？」

所有人都是一怔，然後先衝下樓的是鄭欣明跟廖雅倩！

大家飛也似的衝到一樓，那兒當然圍了一大群人，現下救護車正把覆著白布的遺體送上車子，老師們拉出封鎖線，禁止同學逗留，哨音不停響起。

許多警察也在那兒，大家看見警察稍微緊張了一下，但是趕緊假裝看熱鬧似的，從另一頭的走廊離開。

「看！風紀耶！」小余指向不遠處，被三、四個警察包圍住的王羽凡。

「她該不會把事情說出來了吧？」冷諺明不爽地瞪向王羽凡，抓耙仔！

「好可怕喔！」路過一大群女生，正在激烈討論著，「聽說差一點點壓到王羽凡耶！」

「可是就掉在她面前也很慘啊！妳沒看到她身上都是血！」

冷諺明一行人紛紛看向王羽凡的方向，她該是雪白色的襪子上，果然已染成鮮紅色。

李如雪墜樓時，不偏不倚地落在王羽凡面前嗎？

「那這樣今天要去林子的事怎麼辦？她一定會被約談的！」小余煩惱著，看著王羽凡跟著警察和老師走了。

「還是等吧，我們又沒有她那種陰陽眼的朋友！」冷諺明再不甘願，也只得依賴王羽凡。

身後有人扯扯他的衣服，他不耐煩地回頭嘖了聲，發現仰望著天空的鄭欣明跟廖雅倩。

「怎樣啦！」他跟著往天空看。

然後所有人都傻了。

學校的教室呈現E字型，他們那棟樓是中間那一槓的部分，而前後各被兩棟樓包夾。

前頭是月慈樓，後面是日聖樓。

日月之間，七大傳說之二，就是發生在他們學校。

他們已經完成了兩樣試膽行程。

也已經死了兩個人。

——第三章　尋屍——

四點三十分，學生們陸續放學，火速前往補習班。而很令人意外的是，五個平常絕對不可能聚在一起的人，今天卻不約而同的站在校門口。

連班導師都覺得有點莫名其妙，鄭欣明跟廖雅倩那種好學生，怎麼會跟冷諺明他們和在一起？而且不時交談低語，以前在班上就沒看見他們那麼要好啊！

但是身為老師又不能明目張膽地有偏見，因此她只交代了要早點回家，就摸摸鼻子進校園了。

聽說李如雪墜樓時真的摔在王羽凡面前，只差一吋而已，王羽凡就要變成「燒肉粽」的替死鬼再世了；附近打掃的人說，李如雪並沒有當場死亡，她瞪大雙眼望著王羽凡，好像還說了什麼。

在老師的陪同下，警方找了間會議室詢問一下最佳的目擊者，也就是王羽凡；直到快四點四十了還沒放人，這讓冷諺明他們很緊張。

每個人都怕王羽凡會把試膽的事情抖出來，要是真鬧大就糟了。

「怎麼那麼久？風紀已經被叫去兩節課了！」連鄭欣明都開始不安。

「我看一定全講了！死定了！」冷諺明不時地抖著腳，「那種自以為正義之士的女人最噁心了！搞什麼路見不平，還不是為了討老師歡心，全部都說出來，把大家都拖下水！」

「是你們把她拖下水的吧？」

冷不防地，一個穿著他校制服的男生，騎著腳踏車，臉上戴著一副又圓又大的厚重眼鏡，隔著鏡片，似乎正瞪著他們。

五個人紛紛站定，不知道為什麼，那男生的髮型超好笑，活像脆笛酥上的小瓜呆真人版，加上戴著那副眼鏡，更是像極了！只是隔著鏡片所傳遞出來的氛圍，卻讓他們不自覺地肅然起敬……為什麼要對小瓜呆肅然起敬啊？

小瓜呆後頭又騎來另一個重量級人物，又肥又壯又高的男生，跟著停到小瓜呆身邊。

「就他們吧？」肥男生掃視了他們一圈，「邪氣有夠重的，每個人身上都有。」

「不錯嘛！你看得見啦？難怪爸說你有天分，修得不錯！」小瓜呆呵呵地笑了起來，「這算是世界奇觀了！五個沾上那麼重陰氣的人還可以好端端地站在這裡，班代！多瞧幾眼，值回票價啊！」

陰氣？邪氣？這讓他們燃起一線希望，難道那就是王羽凡的同學？

「王羽凡呢？」小瓜呆左看右瞧，就是沒瞧見最該出現的人。

「她被叫去問話了！」鄭欣明主動回答，「今天下午我們有同學自殺，就摔在她面前，

所以是直接目擊證人。」

小瓜呆聞言，皺了眉。「自殺？第二傳說嗎？」

哇！五個人十隻眼睛紛紛發亮，這是哪裡來的同學啊？怎麼什麼都沒說，他卻都知道？難道王羽凡真的認識那麼厲害的高人？

「同學，你好厲害！你怎麼知道？」豬頭開始施展最擅長的巴結術，「風紀說你是高人中的高人，我到今日一見……」

「因為那個自殺的女生就在你們身邊。」小瓜呆不客氣地截斷豬頭的奉承，指了指鄭欣明跟廖雅倩的「中間」，「人長得滿漂亮的，很文靜的樣子。」

兩個女生登時發出一聲尖叫，跳離了幾公尺遠，李如雪在這裡？

「叫叫叫！你們女生很無聊耶，什麼事都要尖叫？」即使自己怕得要死，冷諺明還是要狠般的唸著。

「你身邊也有一個，很矮小的男生。」阿呆衝著冷諺明一笑，「頭髮很短，前面染成金綠色。」

阿……阿……阿才！冷諺明目瞪口呆地往自個兒的右邊看去，阿才在他身邊？那不就表示——「你在胡說什麼！阿才他……他——」

「死了。」小瓜呆口吻裡毫不留情，跳下腳踏車，回頭跟胖子低語，「我進去找羽凡，你幫我看一下。」

胖子點了頭，帶著一些不屑地望著冷諺明，暑假他開始跟著萬應宮進行基本修行，這等陰氣連他都看得分明，在這五個人的中間，的確還有一個頭破血流的女生，以及拎著自己頭顱的男生。

阿呆已經講得夠保守了，沒有將他們的死狀跟「站」在哪裡說出來。

阿呆、羽凡跟他是國中同學，他們三個非常要好，因為國三畢業旅行的撞鬼事件，致使他們成為莫逆之交。

阿呆家是開設廟宇的，裡頭都是一等一的高人，包括阿呆也對陰陽界非常熟稔，因此這些年來他們遇過許多事，也都是靠阿呆一一化解……當然，羽凡也出了不少力。

羽凡個性雖然大刺刺的，但卻是個幽靈大磁鐵，是非常容易被纏上的體質，但由於她正氣過強又喜練柔道，總是要個三招半式就可以把黏在身上的低級靈彈射到十萬八千里外。

去年這時候他們還遇上了人禍，有間邪廟請了魔物降在一般人的身上，最後不是阿呆、也不是萬應宮的人化解，靠的全是羽凡呢！

她不只容易讓鬼上身，連神也是呢！

他到現在還可以憶起被神上身的王羽凡，超然的聖潔美麗，全身散發著神聖的光芒，

讓人看傻了眼，油然生畏啊！

當然，他絕對是指被神上身的王羽凡，跟現實中的完全不一樣。

「你。」班代忽然指向冷諺明，「有件事我說在前頭。」

「幹嘛？死胖子！」冷諺明早看班代不順眼了，敢挑釁他冷老大？

「羽凡就是因為正義感強烈，才會要阿呆救你們，你要是嫌羽凡是囉嗦的人，你大可以自己去解決這件事。」班代不苟言笑時，威嚴感也十足，「我跟阿呆就沒那麼好心，也沒有什麼正義感，如果出了大事，我們只救羽凡。」

這話讓廖雅倩也不高興地用手肘撞了撞冷諺明，胖子說的沒錯啊，這件事跟誰最不相關？就是風紀耶！她還願意請朋友來幫大家，已經夠好了，他在那邊說什麼嘴！

「大仔！客氣一點啦！」圓滑的小余也低聲地跟冷諺明說著，「好歹是我們有求於人耶，這樣不好吧？」

「你們這些卒仔啦！我怎麼可能有求……求於人啦！」冷諺明還在死鴨子嘴硬，一向只有他耍屌的份，這個死胖子、剛剛那個矮呆瓜、加上一直挑戰他的王羽凡，全部算什麼！

「那你走啊！」鄭欣明也不客氣了，「他說的，你有本事自己解決，把我們拖下水的是你耶，還敢在這裡大放厥詞！」

「什麼厥什麼的？妳說的話我聽不懂啦！用什麼成語，功課好了不起嗎？」冷諺明甚至直接動手推了鄭欣明一把，「搞清楚，我又沒逼妳們玩，是妳們自己說要一起試膽的！」

你一言我一語，五個人就這樣吵了起來。這次連小余跟豬頭都沒有辦法幫腔，只是一邊安撫冷諺明，請他不要這麼衝動！

所有人在竹林裡都看到詭異的人臉白煙了，鄭欣明她們也瞧見李如雪的鬼魂了，現在這兩個路人甲的男孩都說他們身上陰氣很重，還指證歷歷的說李如雪跟阿才的鬼魂就跟著他們。

這些東西寧可信其有，並不是逞口舌之快的時候。

一旁的班代根本懶得排解，他喝著他的飲料，大概是跟阿呆認識久了，他也越來越對人性無力，經歷了那麼多事，人禍比鬼造孽還驚人。

他只願幫助喜歡的人，幫助真正的朋友。

「吵什麼啦！事情還沒解決就吵！」王羽凡才到校門口，劈頭就罵，「你們能不能認真一點啦！」

大概她的暴吼聲太大，讓所有人嚇得噤聲。

「幹嘛跟那種人生氣？」阿呆由後悠哉悠哉地走來。

「就很討厭，事情已經夠糟了，還不想解決辦法！」王羽凡嘟囔著，「我好渴喔，先去買飲料再去那裡好了。」

飲料？冷諺明才丈二金剛摸不著頭腦咧，不是要認真想解決辦法嗎？她一個字都還沒討論就說要買飲料……喂！到底誰該認真一點！

一行人真的先到了飲料攤，班代很樂意再喝一杯，不過被王羽凡冷眼一掃，乖乖地點了一杯微糖的珍奶；天氣炎熱加上心浮氣躁，的確也沒幾個人耐得住渴，一票高中生就在飲料攤前的大樹下乘涼。

「風紀，剛剛怎麼被叫去問那麼久？」先開口關心的，很意外的是冷諺明。

「因為他們找到李如雪的日記本，裡面寫滿了我的名字。」王羽凡拿出手機，「我偷偷照了幾張，超誇張的！」

大家紛紛開了藍芽，讓王羽凡一次傳送，裡面有兩張照片，全是跨頁的日記本，歪歪斜斜的寫滿「王羽凡」三個字。

「為什麼？」連鄭欣明都不明所以。

「我發現如雪那天晚上被嚇過頭了，她那天回家寫了日記，寫得很恐怖，我帶她去一個可怕的地方，有同學尖叫、有人跌倒，還有骷髏手抓住她的腳。」簡單來說，李如雪把那晚的事全鉅細靡遺地寫上去了。

「還骷髏手咧！」豬頭呵呵地笑了起來，「警方不覺得她精神有問題嗎？」

「有啊，就是這樣，才問我那天有沒有帶她去哪裡！」王羽凡喝了一大口綠茶，「喔，對！骷髏手是真的，我們離開前有人抓住她的腳。」

哇啊！豬頭臉色一白，他們逃得很快，並不知道有這件事啊！

「為什麼沒聽妳提過？」旁邊的男孩不客氣地扳過她身子，責備似的質問她。

「啊，因為沒發生什麼事啊？」王羽凡一臉無辜樣，「而且我把那隻手踩斷了，根本沒有怎麼樣！再說你該不會以為我怕骷髏吧？」

「說的也是。」阿呆認真地表示贊同，連班代都頻頻點頭。

去年在那間根本用人骨建造的邪廟裡看得夠多了，她發現人只要習慣，真的會成自然！以前覺得會動的骷髏人很可怕，現在她把他們當保健室的標本一樣，就算正在爛又怎樣！

踩……踩斷了？同班同學瞠目結舌，天哪！王羽凡把鬼當人一樣用柔道處置嗎？

「那塊區域本來就非常有問題，我沒想到有人會想玩試膽遊戲。」阿呆冷冷地瞥了眼前幾個人一眼，視線回到王羽凡身上，「至於妳！我說過幾百次了，妳這種體質還跑去玩試膽？」

「我沒有喔！我沒騙你！」王羽凡立刻舉手發誓，「我是看見冷諺明他們騎往奇怪的方向才跟過去的，從頭到尾我都沒參加試膽大會！」

此時，廖雅倩卻突然一怔，她下意識咬起手指頭，怎麼覺得有哪裡怪怪的？

王羽凡開始簡述竹林的事情，提到這個話題大家就格外安靜，冷諺明也不再氣焰囂張地接受問話，從那七大傳說哪兒來的，還有八卦冥紙怎麼擺放等等，算是概略交代了些。

阿呆越聽，神色越凝重，試膽這種事情很多人在做，不過要能做到這麼經典，第一次就招惹到厲鬼的倒是少之又少。

「所以，我們決定今天回竹林一趟。」王羽凡做了結尾，「至少要知道阿才有沒有在那裡。」

「他在那小子身邊。」阿呆再度指指冷諺明。

「咦？」王羽凡驚慌地看向冷諺明，又看向班代，「為什麼我看不見？」

「妳每天都晨練加團練，要怎麼看得見？」阿呆站了起身，「欸，大哥級的，第三傳說是什麼？」

冷諺明覺得阿呆的稱呼諷刺居多，但也不想再吵下去，勉強地從書包拿出剛剛重寫的一張Ａ４紙，他把七大傳說都寫了進去。

第三傳說，奈何橋下的冤魂。

「這不必調查我都知道是哪座橋。」班代緩緩出了聲，「是靠產業道路邊的小橋對吧？」

「對！你怎麼知道？」小余完全把阿呆跟班代當世外高人了。

「每次這裡有無頭命案啦、浮屍案啦，不是都卡在那條橋下才找到屍體的？」這事連王羽凡都知道，「所以很多人都叫它奈何橋啊！」

的確，這是個純樸的小市鎮，但是偶有命案發生，通常都是被農民發現橋下有異味才報警處理，接著警方就會在那橋下發現被泥沙跟長草卡住的屍體或屍塊。

從幾十年前第一宗駭人聽聞的命案開始，就是在那座小橋下發現的，因為它的上游是條溪水，但近幾年泥沙淤積相當嚴重，許多兇手做案後都把屍塊扔進河裡，最後都會不偏不倚的卡在橋下，也因此興起了許多駭人聽聞的鬼怪傳說。

傳說，半夜經過那裡時，總是可以看見缺頭的、沒腳的人在那兒尋找屍身，有的人還會被攔下來問：你有沒有看見我的身體……

民眾對這傳說是人心惶惶，不過警方倒很感謝那座橋下容易卡住屍體，才不至於讓屍塊被沖走，讓許多命案得以沉冤得雪。

「那現在就去奈何橋嗎？」王羽凡是行動派的，已經跨上腳踏車了。

「傳說應該有個最經典的部分吧？」阿呆再次問冷諺明。

「嗯，傳說在晚上十一點五十九分時走過那座橋，一分鐘內沒走過去的，就會被死者帶走。」

「那還有時間，我們先去林子那裡看一下。」阿呆舉起手錶，「晚上十一點半，大家

在奈何橋那裡集合。」

「嗄？」大家不可置信地喊了出聲，就這樣？完全沒有解決到、也沒指引一條明路！

「至少告訴我們該怎麼辦吧？」

「我晚上還要出來嗎？」

「難道要我們親自去試試？我不想再去了！」

唯有冷諺明跟王羽凡兩個人沒吭氣，他們看著阿呆，雖然心情沒有比較放鬆，但是總覺得有些依靠。

「好啦！別抱怨了，晚上集合就對了！」冷諺明出聲號令了，「妳們好學生要補習的快去，別說我們害妳們功課退步！」

「可是……」鄭欣明不死心，她還要抱持這種心理折磨到何時？

「沒什麼可是的，就是這樣了！」王羽凡深呼吸一口氣，「總是要跟著走才知道狀況，對吧？」

阿呆點了點頭，從事情發生的順序來看，恐怕非得要再前往下一個試膽地點才行！當然，在這之前，他必須先去事件的發生點瞧瞧，而這群可能被牽連的人，不宜回到原點。

鄭欣明跟廖雅倩咕噥著，不悅地騎著腳踏車走了，而冷諺明在路邊跟小弟們說著話，過沒兩分鐘，竟主動找阿呆私下談。

瞧他們嚴肅的樣子，王羽凡好想參與喔。

「為什麼要管他們啊？」班代突然好奇地問了，「妳又沒參加試膽大會？」

「是啊，可是我在現場，總是覺得不安。」王羽凡聳了聳肩，「而且我沒有發現阿才沒跑出來，覺得是自己的錯。」

「亂想。」班代一擊擊向她的背，「妳幹嘛什麼事都往自己身上攬！」

「我哪有……」王羽凡頓了一頓，「欸，班代，你知道我為什麼沒穿襪子嗎？」

「不知道。」的確很好笑，王羽凡赤著腳穿皮鞋，挺滑稽的。

「因為跟我一起去竹林的同學跳樓自殺，就摔在我面前耶！我腳上跟襪子沾滿了血塊跟腦漿。」她回想著當時的狀況，真是心有餘悸。「我再多走一步，死的可能就是我了！」

「我很遺憾！」班代皺起眉，那真是可怕的場景。

「可是啊，她死前瞪著我，對我說話唷。」王羽凡突然露出一抹苦笑，「她說，都是我害的。」

人體墜地的聲響好大，大到她完全一片空白，她恢復神智時，只看見腳尖前的李如雪，她的頭殼跟炸開似的，七孔急速地流出鮮血。

顫抖著，她的手指指向她，意圖開口說話時，血沫從嘴巴噴得到處都是。

『都是妳……妳害我的……』她吃力地說完這句話，瞳孔就直視著她而放大了。

「羽凡！」班代蹙起眉，「為什麼她要這麼說？是妳帶她去試膽的嗎？」

「我沒有試膽，OK？我是去找冷仔他們，如雪是自己要跟著我，何況我一開始就叫她先回家了！」所以她覺得好無辜喔，「結果她被嚇出病來，就全推在我身上了！而且因為這樣自殺，我怎麼樣都想不通！」

「她可能不是自願的。」班代眼神輕輕移動，看著黏在羽凡後背的鬼靈。

李如雪翻白雙眼，吊高眼珠子地瞪著王羽凡，她的後腦殼盡數碎裂，七孔流血，臉色發青地依附在羽凡身上。

班代瞧得見，想必阿呆早發現了，唯獨這個被跟著的王羽凡，完全沒有什麼影響。

所以，他還是暫時什麼都別說的好。

「走吧！」阿呆踅了回來，拉過腳踏車。

「你們談了什麼啊！」王羽凡好奇極了，連忙跟上去問。

「妳同學跳樓前有說了些話，那小子剛剛講給我聽。」阿呆這小子那小子的講，也不想想自己也只是小子一枚。

「如雪有說什麼嗎？」王羽凡緊張地抓住阿呆的手。

他回首看著她，或者說是越過她，瞧著緊跟在身後的李如雪比較貼切。

「嗯，不重要。」他微微一笑，「走吧，我們去那片林子。」

三個人一同跨上腳踏車，往那陰森的竹林出發。

其實那片林子很遠，趁著白天王羽凡才發現，那天晚上大家騎了多麼遠的距離，簡直已經要接到下一個市鎮了！那片地的附近相當荒蕪，除了魚塭外，就是往來的砂石車。

夕陽西照，大老遠阿呆就看見黑氣沖天的天際了。

「那裡。」班代趕上，指著那方向，「阿呆！有沒有看見那裡？」

「有，超誇張的！」阿呆搖了搖頭，之前沒聽說這裡有這麼重的陰氣，一定是那群同學玩出來的。

「你們都知道是哪個方向啊？」王羽凡超驚訝的，她還在認路咧。

阿呆率先轉進小路裡，王羽凡才有種應該是這兒的感覺，那天晚上伸手不見五指，實在不知該怎麼認路。但沒來過的阿呆卻準確來到了那片竹林前。

即使是白天，這裡依然陰森如故。

王羽凡現在才知道這條路上，一邊是山壁，所以遮去了大部分的光線，而另一側的林子因為非常密集，也透不進什麼光。

才接近就傳來一股惡臭，溫度也瞬間降低了許多。

王羽凡減緩速度，終於停了下來！她瞧見水溝裡塞了一台扭曲的腳踏車，上頭烤著亮

藍色的漆，是阿才的。

「這是阿才的腳踏車。」王羽凡看著那台車，有點難受，「我那天離開時並沒有注意到啊！」

「不關妳的事！」下了車，阿呆開始在四周觀望。

這裡有著非常可怕的氛圍，絕不是一般厲鬼而已，彷彿有什麼咒術曾經在這裡形成。阿呆沒有立刻進入林間，他在外頭繞著樹瞧，一看就知道最近被人侵入過，因為有許多枝幹被硬生生折斷，恐怕是他們之前進入時撞掉的。

夕陽照進林子裡，至少現在可以看見裡面林立的竹子，只是不該有總是一閃而逝的影子。

「阿呆！」羽凡喚了他，剛剛裡面好像有人跑過！

「別理他們。」阿呆倒是從容不迫，「這裡頭的冤鬼可多了，隨便都有幾十個。」

他在外圍的大樹邊發現一些特別的記號，地上埋了方形的石子，還有許多刻印……班代則擰著眉環顧四周，不只他們在打探這片林子，裡面的也正觀察著他們啊。

陰氣甚重，所以王羽凡越來越不舒服，太陽即將落下了，這裡的光線正急遽的減弱。

「萬應宮的記號。」阿呆忽然語出驚人，「這裡我們以前做過法事！」

「咦？」王羽凡驚訝地往他身邊去。

只見阿呆指了指大樹下的方石，還有樹上的刻痕，附近每間隔一段距離都有這樣的石子跟符號。

「某種封印嗎？」班代蹲下身子，檢查深埋在土裡的石塊。

隔著石塊，他可以瞧見一雙腐爛腫脹的腳，就與他一樹之隔的相望。

這些石子恐怕是圍繞著整片林子外打樁的，防堵裡面的東西往外跑……也不希望外頭的人跑進去。

雞皮疙瘩開始竄上手臂，王羽凡看得越來越清楚，隨著陽光的減弱，林子裡個個佇立的就不再是黑影，而是猙獰的鬼影。

而有個熟悉的身影，就站在入口處，引起王羽凡的注意。

一個沒有頭的男生，穿著染著血的高中制服，他捧著自己染著金綠色的頭，高舉著望向王羽凡。

「阿才！」她驚呼出聲，注意到阿才的頸部傷口……並不是平整的！那像是被撕開……或是咬斷的痕跡！

阿才哀怨地瞧著她，另一隻手拿著沾滿黃土又破爛的A4紙，那就是冷諺明遺落的七大傳說，對她招呀招的。

「別亂招，我這就進去了。」阿呆回身，交代著班代，「把她看好，絕對不能讓她進

來。」

「可是阿才在裡面……」王羽凡激動地喊著，阿才在哭啊，他說些什麼她聽不懂。

「我進去就好了！」阿呆不耐煩地瞪著她，「拜託別節外生枝！我很快會回來！」

「阿呆！你一個人進去好嗎？」連班代都不安，因為太多雙眼睛瞪著他們瞧了。

「沒事的……」他竟露出笑容，「我並不是去試膽或觸犯禁忌的！」

他說著，便隻身穿過了他們一星期前開出的入口。

裡頭昏暗無光，殘餘的夕陽似乎只是增加了這塊土地的邪氣，令人反胃的惡臭襲來！站著的、爬著的、躺著的冤魂全都瞪大眼睛盯著他。

嫌天色太黑，阿呆將手掌向上攤平，倏地躍出一團亮麗的火燄。來自地獄的業火，諒他們不敢靠近。

拿出手帕，阿呆不得不掩鼻前行，這裡百分之百有屍體，蛋白質分解的味道實在讓他直想吐！

地上有著許多混亂的腳印，他們果然來過這裡，但是讓他更加在意的是隱藏在這些腳印下，甚至是枯葉下的其他痕跡。

有座小土丘就在眼前，那兒冒著沖天的陰氣，他每走一步，都能聽見地下傳來的哀鳴，彷彿是他踩踏在他們之上。

燒餘的冥紙散落在落葉之間，阿呆彎身拾起，什麼八卦陣形的冥紙擺放法，光這件事就詭異非常，八卦應該是驅邪的利器，怎麼反而會變成招喚駭人的厲鬼呢？

再往前走，有一攤爛泥似的東西在土堆的另一側。

像沼澤一樣，裡頭有一具快要被吞沒的屍首，被泥巴跟自己的體液腐肉掩蓋包裹，已經看不見明顯的人形。

而這片沼澤很有意思，就那麼一小圈的範圍，好像為了吞噬這具屍體所產生的。

在沼澤的邊緣，有顆載浮載沉的頭，只剩下眼睛以上的部位；頭髮是金綠色的，跟在冷諺明身邊看到的那隻一樣。

那顆頭，正轉著眼珠，瞅著他，裡頭帶著極端的渴求。

「我無法帶你離開。」阿呆環顧了四周一圈，「我看你是屬於這塊地的！」

頭顱開始拚命地搖著，驚慌不已，恐懼地看著四面八方。

天色突地一黑，阿呆驚覺之際，只感受到極殺的戾氣由後急速襲來——他扯出藏在衣下的長串念珠，往自己身上周圍繞了一大圈，立即明顯地感到有東西彈飛出去。

這塊地在集陰！他瞪著載浮載沉的頭顱瞧著，發現有蜈蚣爬上了那顆頭，並鑽進他的眼窩，啃食那柔軟的眼珠子。

阿呆狐疑地再往前一步，不得不拿出手電筒，照亮那片屍泥沼澤。

不知何時，屍體上竟爬滿了成堆成山的蜈蚣，像是從他體內鑽出來的，並且藉由屍體，往土地上移動——朝著他這邊來。

那一具具的冤魂都在徘徊，它們身上也同樣地鑽滿蜈蚣，阿呆有非常不好的推論，但是他必須小心求證；土地鑽出了許多蜈蚣，爬上了阿呆的腳，不過很快地被他身上的護身法器燃燒成灰。

「我又不是來試膽的！」阿呆不高興地唸著，趕緊收工往出口去。

當阿呆從那大樹間鑽出來時，兩個拎著手電筒的人詫異地望向他。

「阿呆！」王羽凡奮不顧身地撲向前，緊緊抱住了他，「你嚇死我了！去那麼久！」

「哪有多久……」他有點尷尬，幸好在黑夜中瞧不見他赧紅的神色。

「一個小時。」班代亮晃著手機，「你的五分鐘真久！」

阿呆皺起眉，客氣地把王羽凡移開，她也立刻不好意思地收了手，趕緊退到一邊去。

「我真的只有進去一下下。」至少對他來說，也只是走進去、發現屍體而已，「那裡面時空拉長了嗎？」

「咦……」王羽凡忽然湊近他身子，嗅了嗅，「好臭喔！這什麼味道！」

「屍臭，妳同學的味道。」他也舉起手來聞了聞，「分解蛋白質時的氣味，會黏附在我們的皮膚跟衣服上……死定了，帶這身味道回去我會被發現！」

「那阿才的屍體呢？」王羽凡不安地回首，為什麼她覺得黑暗中依然有許多雙眼睛正盯著他們瞧。

「融解中，被裡頭的土吃了進去。」阿呆簡單地說明，「他頭身分家，遲早會被吞進土裡，大概之前從土裡伸出的手也是這樣的受害者吧？」

「咦？被吃進土裡？」王羽凡完全無法置信。

「所以下次看見有伸出的骷髏手時，要客氣點，說不定妳下次踩斷的會是妳同學的手喔！」都這個地步了，阿呆還有心情開玩笑。

王羽凡難過地回頭看向樹林，難道阿才真的連入土為安都沒辦法嗎？她相當頹喪，依照這種狀況，甚至試圖偷偷打給警方也沒辦法了。

他們三個人上了車，身後傳來枝葉晃顫的聲音，彷彿有無數個人抱著樹，拚命地搖晃著。

他們三個人在路上談好，先到阿呆家去，待到晚上直接去奈何橋！於是班代跟王羽凡分別打電話回家報備，所幸家長都很信任阿呆（他們家），所以並不擔心。

不過擔心的是阿呆，他得躲在後門，然後拜託王羽凡使招「聲東擊西！」

「嗨！阿呆媽！」王羽凡瞇起眼，非常開朗地走進廟裡。

「咦？羽凡啊！」一個看起來相當可愛的女人笑吟吟地走了過來，「怎麼突然跑來了？

阿呆還沒回家耶！」

「沒有啦！我是覺得肩膀有點硬，想過來請阿婆或是阿呆爸幫我看一下！」王羽凡禮貌做足了，希望阿呆他們能抓緊時間溜進屋裡。

「肩膀硬喔！我幫妳按摩！」阿呆媽趕緊把羽凡拉到椅子邊坐好，「我跟妳說喔，阿呆他爸超喜歡我幫他按摩的呢！」

「真的喔！」王羽凡也咯咯笑了起來。

然後，木屐的拖鞋聲傳來，叩叩叩，在廟廳裡傳出回音，有兩個阿婆從後頭走出來了！她們蹣跚的步伐很明顯地從原來緩步到停頓，然後加快腳步般的衝了出來！

「搞什麼！」先跑出來的阿婆臉一綠，指著王羽凡大罵，「妳去惹上了什麼？」

「我肩膀有點痠啊！」王羽凡睜大無辜雙眼。

「夭壽喔！系啥米代誌啦！」另一個阿婆眉頭都揪在一起了，「妳給我出來！」

王羽凡乖乖地聽話，才靠近婆婆就被逮出廟門外，怎麼這些阿婆平常搬東西沒力氣、走路緩慢，這時候不但健步如飛，還力大無窮啊！

她的耳朵都快被擰起來了，直直被拖到水龍頭邊，兩個阿婆拿著香唸唸有詞，再拿個盆子裝滿水，幾張符騰空燒燒，扔進水裡。

不會要她喝下那盆水吧？王羽凡倒抽一口氣，腳底抹油直想溜之大吉。

一大盆水潑了過來，她毫無防備，差點被嗆死！

「幹什麼啦！」她哀哀叫著，眼睛都睜不開了！

「被詛咒了啦！幹什麼！」阿婆氣得摔下盆子，「阿呆咧！阿呆一定鄧來啊！後門那邊邪氣沖天的！」

「被詛咒？」王羽凡沒聽漏這句話。

「身上都是蠱念，妳跟阿呆他老母有得比啦！」兩個阿婆紛紛搖頭，「煞氣帶架哩重，都沒感覺，嘛真棒！」

「尬哇冇瞎米關係啦！（跟我沒關係）」門口的阿呆母親，一臉忿忿不平。

蠱？王羽凡終於聽懂了。

他們被下蠱了嗎？

—第四章　奈何橋下的冤魂—

傳說之三——奈何橋下的冤魂

許多凶殺案與分屍案的起源，都來自於那座大水溝的石橋下。因為那兒上游在山裡，屍體往往被沖刷而下，到了這座小石橋，由於泥沙淤積嚴重，屍體或屍塊常卡在泥沙與蔓草間。

半夜經過那裡時，敏感一點的人總是可以看見無主幽魂、或是被分屍的苦主在那兒尋找屍身。

傳說，在晚上十一點五十九分時走過那座橋，一分鐘內沒走過去的，就會被死者帶走。

「成蠱了？」

班代凝重地看著正用冰袋冰敷臉頰的阿呆。

「嗯，那塊地根本是個養蠱場。」他拿下冰袋，舔了舔嘴內的破皮，阿婆不是年事已高嗎？怎麼一拳打過來還這麼準？

下午，班代才剛爬過牆，在下頭接他，結果等他們滿心愉悅地翻牆成功後，才一轉身，就見到兩個阿婆怒氣沖沖地拿著掃把在身後。

班代是客，被請到裡面喝茶吃水果，他被阿婆又打又罵的，用粗暴的方式驅走身上的不潔後，臨走前又被揮了一拳。

不過阿婆還是疼他的，該有的資訊一樣沒少，他從小就覺得，萬應宮裡連煮飯的阿婆都是高人。

跟他猜測的一樣，那沼澤裡的蜈蚣，全部都是蠱的一部分。

「有人在那裡養蠱？還是說那個同學是被養的蠱？」老實說，班代聽迷糊了。

「我初步判斷，那塊地本身就是個蠱盆，有人在那裡養蠱，那些貿然闖進去還燒紙錢的人，大概都成了養分。」阿呆頻頻注意走廊通道，王羽凡被媽拉去吃東西，他並不希望羽凡知道太多，「而且我發現他們燒的紙錢，是銀紙。」

「什麼！」班代瞠目結舌地喊著，跳離了座位。

「看吧！連你都知道，夜遊第一禁忌，絕對不要燒銀紙給好兄弟！」阿呆托著腮，真搞不懂王羽凡的同學腦袋裡裝什麼。

好兄弟何其多？要燒多少銀紙才夠？燒不夠就只會引來怨念，搶不到的人就會責怪你這打攪別人的人不懂禮數！所以要燒金紙給土地公跟神明，請他們保佑比較實際。

「那八卦陣又是什麼意思？」班代也很在意這點。

「這點最詭異，在養蠱盤裡擺八卦，我還沒機會跟冷諺明問清楚，我覺得這陣法很不妙。」阿呆喃喃唸著，「是召喚？還是破解，一定不是好事就對了。」

「已經死兩個人了。」班代凝重地壓低聲音，「而且你不覺得今天跳樓的那件事很怪嗎？」

阿呆先瞄了班代一眼，兩個人不約而同地又往小廊上看，確定沒有王羽凡的身影，才繼續討論。

「那個女生，是跟著羽凡去竹林地的，並不是參加試膽大會的人，為什麼會出事？」班代提出最大的疑問。

「而且在他們沒有進行任何儀式的前提下，那個女生卻跟傳說一樣，跳樓自殺。」阿呆咬了咬唇，面露不安，「班代，你想的該不會跟我想的一樣吧？」

「試膽持續進行著！」班代說出了心底的答案。

「聽說那個女生跳樓前，也這樣跟另兩個女生說，試膽一旦開始，就不能結束。」他揉了揉太陽穴，「羽凡也說，那天夜裡在養蠱地中，聽見有人叫他們繼續，還沒結束什麼的。」

兩個男生對看一眼，其實還有很令人困惑的地方。

對班代而言，如果羽凡不是試膽的一分子，何必管那些人？各人造業各人擔，既然不是羽凡去觸怒誰、去犯禁忌，就沒有關係。

但是阿呆的表現是非管不可，執著得不像平常冰冷的他；班代也有所顧慮，因為那個叫李如雪的同學也沒參加試膽，卻死在第二傳說裡，讓他對王羽凡的安危也不禁憂心忡忡。

「謝謝阿呆媽！好好吃呢！」王羽凡聲音出現了。

「不准說！」兩個男生異口同聲，然後怔了兩秒，相視而笑。

大家都知道，讓羽凡知道越多越不好，他們可沒興趣幫著她再去替一堆自找死路的人解圍。

王羽凡踩著輕快的步伐走來，手裡還拿著一顆水蜜桃。

「你們有沒有吃飯啊？我都沒看見你們！」她找張木椅坐了下來。

「有，吃過了！妳跟我媽聊得那麼開心，我捨不得打擾妳們。」阿呆沒好氣地繼續冰敷臉上的瘀青。

「我跟你媽講了一下最近發生的事，她好像不怎麼擔心。」王羽凡原本希望阿呆媽能伸出援手的。

「王羽凡，妳找錯人了。」阿呆由衷佩服，「找我媽幫這種忙，跟請鬼拿藥單是一樣的！」

「嗄？」可是……可是她不是阿呆的媽媽？

「十一點了耶，我們該走了。」班代指指著牆上的時鐘。

「嗯，也差不多了！」阿呆立刻起身，把桌上三條念珠遞給他們，「一人一條戴上，藏在衣服裡，別拿出來，也別跟任何人說——我在說妳，王羽凡。」

「聽見了！」她嘟起了嘴，「要不要幫他們也準備一下。」

「不。」阿呆飛快地拒絕，「沒有緣分的事不要做。」

緣分？王羽凡實在永遠搞不懂這個「緣分」的說法。總是要有「緣」，才能消災解厄、才能夠為對方做些什麼，這不是很奇怪嗎？

要有緣，才能為冷諺明他們準備這些可能具有護身力量的念珠？為什麼不能反過來想，只要為他們準備了，就結緣啦！

天真的王羽凡只會用單純的想法去思考一切，但是所謂緣分是不能強求的！就像連夜遊都不跟神明告知的那一夥人，跟神明怎可能會有緣分？他們連神明都不放在眼裡，又怎麼能被渡？

更別說，光他們搞出這種事，害羽凡被扯進去這點來說，阿呆無論如何都不可能為他們準備的！

而且，他現在擔心一件事，誰是那塊養蠱地的養蠱者，還有裡頭暗藏的詛咒是什麼？

這份憂心他連班代都沒說，因為從剛剛阿婆的嘴中推敲出來的，恐怕是相當駭人的事。

三個人騎著腳踏車，前往約好的目的地，由於天色黑暗，那座奈何橋又地處偏遠，因此班代備妥地圖，以防大家迷路。

騎了很久，總算在十一點半多時，抵達了奈何橋的附近。

這裡……還真的是奈何橋啊……阿呆大感不可思議地望著那座橋的四周，竟然滿滿的都是無主的孤魂！

他們三個先到，把腳踏車擱在路邊，石欄下就有潺潺的流水聲。

那條大水溝其實淤積的情況相當嚴重，下頭都已經長草遍布，尤其是橋下更是因為泥沙淤積的原因趨於平緩，導致水流更慢。

有座小石橋就橫跨在溪上，其實只是條便道罷了。

連結著產業道路跟裡面的小徑，走過石橋就是片農田，許多農舍跟住家都在另一端；近年來因為命案實在太多了，所以農夫們紛紛搬離這裡，只有農忙時節才會到農舍小憩一會兒。

聽說絕對不能過夜，因為過了子夜，這兒就是鬼哭神號了。

「該不會大家都不到吧？」阿呆看著錶，都要四十分了，還是沒個人影兒。

「應該沒那個膽子。」一事關性命，再陰也會來。

餘音未落，王羽凡就瞧見閃爍的燈光。

冷諺明跟小余一同前來，身後幾公尺遠跟著鄭欣明和廖雅倩，他們臉色慘白，但還是鼓起勇氣赴約。

「歹勢，遲到了！」冷諺明一停下腳踏車，就立刻道歉，「我得幫她們想辦法出來。」他的拇指往後一比，指了指後面的女生。

原來因為她們兩個第一堂課沒去補習，補習班立刻打給家長，後來在手機裡被罵了之後，家長當然沒忘記上星期的夜歸，所以下課後親自到補習班去接人。

冷諺明跟小余在外頭看半天覺得不妥當，只好假裝在外頭鬧事打架，好讓鄭欣明跟廖雅倩可以趁機開溜。

望著他們臉上的傷，王羽凡突然覺得冷諺明或許是好人也不一定。

「好了，大家來準備一下。」阿呆站在橋邊，吆喝著大家前往。

「準備什麼？」豬頭怯生生地喊著，「該不會真的要我們在五十九分時走過這裡吧？」

「不然咧？試膽要繼續完成，沒出事的話你們會怎麼做？」阿呆沒好氣地唸著，這群人到現在還搞不清楚方向。「你們跳樓的同學都交代了，就照著人死前的遺言去做吧。」

鄭欣明一驚，真的像李如雪說的嗎？「真的嗎？跟如雪說的一樣，要試膽就得試到最後？」

「好可怕喔！非這樣不可嗎？」廖雅倩雙手摀住耳朵，「為什麼明知有危險還要我們繼續？」

「這不就是你們一開始的目的？」班代聲音穩穩地傳來，「明知道有七大傳說，還是要去試？」

班代一句話，堵住了所有人的嘴。

廖雅倩睜著婆娑淚眼，委屈般的看著班代，這個男人一點兒都沒有憐香惜玉的心，反而用更利的刀往她們心窩捅。

是啊，他們當初是明知山有虎，偏向虎山行，但那前提是在於「別人看過虎」啊！現在確定了傳說恐怕是真的，誰還敢去嘗試。

「我要回家！」廖雅倩握緊拳頭，當眾宣布，「我不要再玩這種試膽遊戲了，這次的事情，就當我們沒參加過！」

「我……我也是！」跟著好友發聲，鄭欣明也急忙地要離去。

「小倩！」王羽凡焦急地喊住他，卻被阿呆伸手阻止。

因為用不著她去說些什麼。

廖雅倩才緊握龍頭，卻發現腳踏車變得好重，她突然發現有一雙朦朧的腳站在自己跟前，然後影像越來越清晰。

七孔流血的李如雪站在她車子前面，隻手緊扣住腳踏車的龍頭，不讓她牽動。

而鄭欣明的腳踏車把手中間，多了一顆滿是窟窿的人頭，阿才張大了嘴，緊咬住龍頭把手，也不讓她輕易地移動。

這一幕不只有兩個女生瞧見，包括冷諺明他們都看得一清二楚！

「哇呀──」兩個女生嚇得花容失色，飛快地放開腳踏車，逃命似的往冷諺明身後躲去。

奇妙的是，兩台沒有支架的腳踏車並沒有倒去，因為他們死去的兩個同學，還牽制著它們。

「阿才！」終於見到好友的冷諺明，激動地上前。

班代飛快地扳住他肩頭，不讓他往前靠近。「他知道你有那個心就好了。」

李如雪伸出手，指向奈何橋的方向，咬著腳踏車的頭顱，用剩下的一顆眼珠子看向石橋。

那意思堅決無比，像是在說：誰也不能走！大家一定要繼續完成試膽。

「要走請便。」阿呆話裡含著笑意，「我們絕對不會阻止妳們的。」

他拿著錶，十一點五十八分，時間快到了。

鄭欣明忿忿地瞪著阿呆，風紀的同學都好冷淡喔，明知道有鬼跟著她們，還故意說得一派輕鬆！

「我一定會試完的！阿才！」冷諺明還對著那顆頭喊著，「如果這樣你可以昇天的話，我一定會把試膽完成！」

阿才望著冷諺明，那神情複雜得難以解釋。

等冷諺明日後理解時，已經又是另一番局面了。

「從現在開始，禁止喊彼此的全名，這是夜遊大忌之一！現在快五十九分了，請大家依序排隊，走過這座橋！」阿呆高聲交代，「記住，直直走過去，不管看見什麼、聽見什麼都不要管，奮力走過橋就好了！」

只有幾步路的小橋，不至於出什麼問題。

阿呆沉下眼眸，除非……

「走！」他厲聲一吼，冷諺明率先邁開步伐。

一！

後頭是小余、然後鄭欣明跟廖雅倩手牽著手往裡頭走，最後是膽小如鼠的豬頭，他遲遲站在橋外緣，不敢進去。

二、三、四……

「一分鐘很短的喔！豬頭兄弟。」阿呆淡淡地提醒著。

豬頭發著抖，哀求般的看著阿呆，「不關我的事啊！」

「你跟你同學說去！」班代指指已經來到橋邊的李如雪跟阿才，慘綠的臉跟淒涼狀，讓豬頭嚇得一骨碌衝進橋裡。

五！

人數夠了。阿呆眼神閃過一絲晦黯。

王羽凡深吸了一口氣，挺直腰桿，準備跨出第一步。

一隻手很快地攔住她，冷冷地瞅著她，「妳去哪？」

「過橋啊？」

「妳是參加試膽的人嗎？」阿呆不客氣地把她往後一推，「這件事根本不關妳的事，我願意幫妳同學已經很好了，別再把自己往渾水裡捲！」

王羽凡其實很訝異！因為她知道阿呆在生氣，甚至第一次動手推她！

是啊，她是弄錯了嘛，忘記自己不是試膽大會的人，可是有必要生這麼大的氣嗎？

走上橋的冷諺明嚇得要死，什麼大哥什麼頭子，他只不過是個十七歲的高三生而已，只是仗著狠勁威脅軟弱的同學，收幾個狐假虎威的小弟！

問題是他爸是流氓，他老覺得要子承父業，加上他不愛念書頭腦也笨，最擅長的就是打架，這種人才不混流氓也太浪費了！

就算老師說他一無是處、就算大家都說他是個不成材的混混，就算他對社會沒有貢獻那也沒辦法，因為他就是這樣長大的！但是他重義氣、重朋友，阿才的死若是他造成的，他就一定會負責到底！

無論如何，他一定會把試膽全部完成，走完七個傳說！

一踏上橋，冷諺明就在心裡罵了無數的髒話，因為一堆好兄弟登時出現，在地上爬的正哀求著他的，腸子拖了一地；另一個攀在橋邊的用大腿勾著，直問他有沒有瞧見他的身軀？

然後有個正妹站在他面前，該死的全裸，身材爆好，擋住他的去向。

他意圖繞過去，那個在地上爬行的人又擋住他的方向。

『我漂亮嗎？』正妹笑著問他。

走過去走過去，時間只有一分鐘，他得走過去！

『那個人也說我漂亮啊，可是……』正妹兩手一攤，身體開始泛出一道道紅色的血絲。

然後她被分做一塊一塊，剎那間在冷諺明面前分解墜落，堆成一座肉塊小山似的！

『我還漂亮嗎？嘻嘻……』女生的頭堆在最上面，笑著說。

按！冷諺明牙一咬，雙眼一閉，直接把那堆肉山踢開，沒命地往前衝！只是須臾數秒，

他突然感覺空氣清新，他已經到了橋的另一端。

回身一瞧，跟在後面的小余跪在地上爬過來，當雙手一觸及這兒的地，突然就清醒過來，屁滾尿流地抓住他不停地喊老大。

鄭欣明跟廖雅倩兩個人像是被抓著似的，緊抓住橋的邊緣，死命地扭動身子，還一直尖聲喊著不要碰我。

先歇斯底里的是鄭欣明，她像是踹著什麼一樣，然後沒命衝過來！冷諺明及時接住她，撲向他懷裡的鄭欣明一睜眼，就是驚嚇的低泣。

橋上只剩廖雅倩跟豬頭，冷諺明為同學們擔心，卻突然發現到——橋的另一端。

為什麼王羽凡沒有過橋？他皺起眉，看著那三個人悠哉閒散地站在橋的另一邊，他們卻在這裡冒險？

「去死去死去死！」廖雅倩的尖叫聲引起他的注意，他看著廖雅倩用腳拚命跺著地，然後往前跑了兩步又摔倒，再起身衝出橋面。

小余接到踉踉蹌蹌的廖雅倩，她的制服全被汗浸濕了，睜眼一瞧發現世界恢復正常，激動地抱著小余又哭又叫。

橋上，最後只剩下豬頭。

他很奇怪，幾乎沒有移動腳步，只是蹲在那裡，抱著頭在喃喃自語。

『我的腳……你有沒有看見我的腳……』一個男人緊緊抱住他的腳，祈求著，『求求你，把腳還給我！』

「不關我的事不關我的事啊！」豬頭嚇得全身顫抖，緊閉起雙眼唸著。

『你好可愛啊，要不要做我男朋友啊？』有一堆被分屍的肉塊堆在他面前喊著，是個漂亮的正妹，『不過你不可以拿菜刀剁我喔！』

「南、南無……」豬頭想唸佛號，卻怎麼也唸不出來。

『你們不要這樣！』有個小孩的聲音忽然在耳邊響起，甚至拉起他的耳朵，『大哥哥，我幫你！你告訴我……你叫什麼名字？』

豬頭呆愣地抬首，站在他身邊的，是個很可愛很可愛的小女生，全身乾淨整齊，還穿著附近太陽幼稚園的制服跟圍兜兜。

而剛剛那些可怕的屍塊都不見了！

『大哥哥，我知道你不是故意的，只是開玩笑而已。』小女孩蹲下來，用小小的手握住豬頭的肥掌，『我可以幫你的，快點告訴我你的名字！時間快到了！』

「朱……朱兆成！」豬頭情急之下，喊出了自己的名字。

在橋兩端的人，都親耳聽見了豬頭忽地抬首，對著空氣喊出自己的全名！

「不是說不能喊名字嗎？」鄭欣明緊張地抓住冷諺明問著，剛剛阿呆特別交代的啊！

「該死！豬頭，你幹嘛唸自己的名字啊！」冷諺明在這邊氣急敗壞地大喊，可惜豬頭聽不見。

另一頭的王羽凡愣住了，不明所以地看向阿呆。

「別看我，他自己唸的。」

「那怎麼辦啊！」她心急如焚的高喊出聲。

不能怎麼辦。阿呆冷靜地看著橋上的豬頭，他知道豬頭中招了。

『朱兆成啊！』小女孩甜膩的一笑，『你不知道夜遊不可以說出自己的名字嗎？』

咦？豬頭一怔。

小女孩那俏皮可愛的臉，頓時像蠟遇上高溫般熔解，問題是——她還緊抓著他啊！

『你不知道，禁忌不能亂踩的嗎？』小女孩聲音變了調，肌膚跟肌肉滴滴熔解滴落，然後她身上轟地燃起大火。

豬頭拚命地甩著自己的手，又叫又跳的，那火燒上來了！燒上他的手了！而且女孩的手好燙，為什麼怎樣都甩不掉！

即使都已經燒熔了，她的手還是沒有消融，反而握得他更緊，讓火可以迅速地延燒到他身上。

「哇啊啊！好燙好燙！救命啊！」豬頭在黑夜裡，一個人在橋上鬼吼鬼叫。

他不停地甩著手，用另一隻手撥著身子、然後狂亂地摸著頭、摸著髮，淒厲的叫聲不時傳來。

「豬頭！」冷諺明大吼著，但是豬頭依然聽不見他說話。

「對面的別動！」班代大喝一聲，因為他發現冷諺明蠢蠢欲動了，「現在踏上橋也無濟於事了！」

「就這樣看著！」冷諺明越過豬頭，瞪著站在對面，從容的阿呆。

「你可以上去啊，但是誰也幫不了豬頭了。」阿呆明白，就算冷諺明為了救豬頭衝上去，遇到的又會是另一個鬼。

豬頭全身都被火包圍住了！火燒烤著他的肌膚，他聞到自己皮膚與脂肪烤出的香氣、然後是焦味，緊接著他的皮膚乾癟萎縮，變成一片又一片的木炭！

他全身都好燙好痛啊！為什麼火不停地燒啊！

『下面有水呢，大哥哥。』那個握著他的手的小女孩，只剩下半張臉跟一顆眼珠子了，還有抓著他的那隻小手。

水？水？豬頭忽然衝到橋邊往下看，他看見一整條清澈的溪水，倒映著滿天星光與月娘，只要跳下去，火就能熄了！

「豬頭——」小余拚命地叫他，卻只能眼睜睜看著他死命地爬過那橋邊的護欄。

「我受不了了！」冷諺明低吼著，顧不得一切地衝上去。

他原以為可以抓住豬頭，把他扯下來，然後好好揮他幾拳，叫那胖小子清醒些。但是，他衝上橋時，卻什麼也沒看見，只陷入重重濃霧當中。

兩個男生，只有咫步之遙，冷諺明卻在原地慌亂地東張西望，因為他什麼都看不見，嘴裡只能死命的喊著豬頭；而豬頭終於攀上了橋邊，期待般的看著那下頭清澈冰涼的溪水。

豬頭一躍而下，愉快地帶著滿足的笑容。

直到他以倒栽蔥的方式，栽進了水裡，撞進了淤泥當中，水開始染成紅色，順著漣漪漫衍開來。

「呀——」廖雅倩難以克制地尖叫，雙手掩面不敢看他。

「救他！快點！」小余機靈，衝到一邊，試圖找路下去，因為豬頭還在掙扎呢！

「我不會游泳啊！」鄭欣明嚇得後退拚命搖頭。

游泳？老大最會啦！可是老大現在在做什麼啦！

對面的王羽凡一見苗頭不對，趕緊把鞋襪一脫，躍躍欲試，開始找路下去。

「妳不要動。」阿呆又拉住她，「妳能不能不要扯進這件事裡？」

「可是我不能見死不救啊！」

「他死定了。」阿呆斬釘截鐵地這麼說。

王羽凡完全無法苟同阿呆所做的，她回看著依然在掙扎的豬頭，她一定要找方法快點把他拉……

水裡突然竄出了許多斷肢殘臂，它們的出現讓所有人都嚇傻了！小余都已經踩到斜坡上的腳也煞住了步伐。

斷手、斷腳、缺了身體的軀幹，開始包圍住豬頭。

四肢的部分，扯去豬頭的身子，把他往下壓。

水面突然泛出許多氣泡，有顆頭浮了起來……那是個洋娃娃的頭，已經毀損得很嚴重，只剩下四分之一的臉龐跟原本該是金色的捲髮。

可是鑲在娃娃上的藍色眼珠還在轉動著，上頭黏著污泥，她還是轉轉這邊，轉轉那邊，彷彿在監視著橋兩端的他們。

豬頭慢慢停止掙扎了，他的身體被扯進水裡超過一半，然後迅速的往下沉……水泡啵啵啵地竄起，下頭彷彿有流沙似的，豬頭也迅速地沒入水中。

一直到什麼都看不見為止，那些被分解的斷肢殘臂，也跟著往水底去。

最後消失的，是那顆破碎的洋娃娃頭。

岸上的人目瞪口呆，每個人都嚇傻了，剛剛的景象，彷彿作夢般的不真實、也是如此

的殘忍。

豬頭被水吞掉了……他消失了，連屍體都不存在？

橋上的冷諺明還在大喊豬頭的名字，而霧裡終於走來他盼望著的人影。

「你這死豬頭！搞什麼東西！」他氣急敗壞地揮上一拳。

豬頭挨下那一拳，沒吭聲，只是揉揉臉皮。冷諺明皺著眉，發現豬頭不像平常那樣嘻嘻笑笑，而且臉上毫無血色。

「嚇呆了你！走了！」他斥著，叫聲快走。

「我走不了了。」豬頭淒楚的一笑，「大仔，你一定要把試膽完成喔！」

嗯？冷諺明不明所以地望著豬頭，直到迎面有盆水潑來，他才大吼幾聲，甩頭睜眼。

再看清楚時，他眼前站著阿呆，手上拿著瓶礦泉水，正盯著他。

「咦？豬頭……」他回神，開始東張西望，「豬頭咧？」

小余他們站在橋的另一端，神色悲淒地看著他，沒有人多吭半句！兩個女生根本已經跪坐在地上，哭聲壓抑著，卻讓人聽來更加悲涼。

「小余！豬頭咧！」冷諺明還在喊著，他往橋下看，卻什麼也沒有！

「他跳下去！死了！」或許是情緒壓力到達一個頂點，小余吼了回去，「人倒插在水裡，一堆好兄弟把他扯下去了！」

怎麼會！他剛剛還瞧見他的啊！冷諺明完全無法置信，他抱著頭，拚命地喊著豬頭的名字。

王羽凡緊咬著唇，她整個人就蹲在馬路邊，還直勾勾地盯著那片已寧靜的水面看。她不懂豬頭為什麼會突然跳下去，這條橋這麼的短，為什麼不走過去就好呢？

為什麼要給那些人有機可乘！

「各位，走吧！」阿呆走了回來，現在過橋已經沒有危險了。

大家還是戰戰兢兢地望著那座橋看，王羽凡趕緊走上橋面，到對面去牽過鄭欣明的手，再把她帶回這邊的馬路上，證明一切無恙。

大家回到這裡，哭聲更大了，每個人訴說著自己在橋上遇見的恐怖事件。

鄭欣明說被一個沒有內臟的人抱住身子，緊緊圈著她說要挖她的器官充數；廖雅倩則是被人抱住大腿，求求她幫忙找到腳，因為他真的很想回家。

小余說他看到一堆人拿著各式凶器說要找他償命，他驚恐地搖頭說不是他，然後在地上爬行喊救命，腦子裡依然緊記著阿呆說的話，無論如何要走過這條橋！

「那豬頭為什麼走不過來?!」冷諺明不停地抹著淚，還在裝酷。

「他被鬼魂影響了，膽小的他不敢過橋，還報出自己的名字。」阿呆適時的補充，「他被鬼魂看穿了，生性膽小怕事，而且習慣依賴人幫忙。」

「這有錯嗎?!」冷諺明討厭阿呆的口吻，他的口吻像在責備豬頭似的！

「沒有。」阿呆微微一笑，「但是試膽就是個錯。」

意思是說，現下發生任何事，請記住都是你這個大哥惹出來的！

「我想回家了……」廖雅倩再也受不了了，「一天之內死了兩個同學，我不要再繼續下去了！」

「由妳們自己選擇，我也不想熬夜好嗎？」阿呆冷冷地看了大家一眼，「下一個地點，第四傳說，想去的人現在就走。」

咦？小余嚇了一跳，緊接著去挑戰第四傳說嗎？

他慌張地看向已經淚流滿面的冷諺明，雖然豬頭真的膽子很小，又愛拍馬屁，可是他就是因為沒有安全感才想要當小弟啊！只有當小弟時會覺得比較威，滿足小小的自卑感嘛！

他這什麼大哥，近在咫尺，卻救不了豬頭！

感受到小余的視線，他再次從口袋裡拿出那張便條紙，遞給了小余。

「第四傳說……亂葬崗上的人臉墓碑。」仔細聽，可以聽出小余的音調在顫抖。

聽見亂葬崗，大家幾乎都腿軟了。

「阿呆，一定要今天去嗎？豬頭才剛……剛出事！」連王羽凡都哭了起來，「萬一再下去，又有人出事怎麼辦？」

「亂葬崗不半夜去要什麼時候去？」阿呆臉色凝重地環視蒼白的眾人一眼，「明晚去也行，但又拖過一天，我不敢保證會發生什麼事。」

「還會再發生剛剛的事嗎？」王羽凡哭泣著，握住阿呆的手。

班代緩緩走來，輕柔地拉過王羽凡。「會不會發生，是看他們自己的！如果豬頭再勇敢些，或許不會發生那樣的事情。」

這句話傳進剩下的四個人耳裡，格外刺耳。

也就是說，接下來到亂葬崗，難保會發生什麼更可怕的事情……而決定生死的，是在於他們自己，而不是其他人！

「走不走，一句話。」阿呆打了個呵欠，他累了。

「走！」冷諺明做了決定，「豬頭剛剛跟我說，一定要把試膽走完，不管發生了什麼事，這是我們唯一能做的。」

阿呆挑起一抹笑，他還滿欣賞冷諺明的，雖然感覺是個混混，但挺講義氣的。

「亂葬崗這麼多，是指哪一個呢？」班代拿出地圖，很狐疑地看著。

阿呆取下手腕上的水晶，那手鍊上還繫了一顆大紫水晶，只見阿呆從口袋裡拿出一枝粉筆，在地上畫了個十六方位，然後握著手環，讓墜子晃呀晃的。

「請指引邪氣重的亂葬崗方位……請指引！」他喃喃唸著，那墜子忽地強烈搖擺，又霎時停止。

墜子指向東北，像有人拉住墜子似的停滯。

「那就走了。」阿呆他們回頭牽腳踏車，再不甘願，剩下的同學還是移動了腳步。

鄭欣明跟廖雅倩回到腳踏車邊時，發現腳架不知何時已經被架好了，而阿才跟李如雪已不復在。

他們帶著滿臉的淚水跟未歇的哭聲，一同跨上腳踏車，加入了前往亂葬崗的車隊。

由阿呆帶頭，其他人跟著冷諺明閃爍的車尾燈。

當車隊遠走時，奈何橋頭坐了一個矮胖的身影，緩緩地對著那車隊揮手，揮呀揮的。

再見！

—第五章　亂葬崗上的人臉墓碑—

傳說之四——亂葬崗上的人臉墓碑

這城市裡有許多亂葬崗，在大雨後偶有被沖刷而出，而最猛的，就是具有人臉的墳場。

這兒埋了許多無主屍首，有人說是被暗殺的、有人說多半都是冤魂、也有人說這裡埋了刻薄絕情、虐待媳婦的公公！公媳之間因為一次爭執，公公失足滑倒撞上桌案，當場死亡。知道自己將成為眾矢之的的媳婦，因此私下把公公給埋了。

由於公公性子極惡，恐化成惡靈，因此媳婦夥同姊妹，找了塊風水特殊、極陽之地，將公公偷偷的下葬，有墳有碑卻無字。從此以後，這座山頭就再也不安寧。

傳說，每到半夜，那無字無圖的空白墓碑上會浮出老人的臉孔，在無人的山頭叫囂怒罵，詛咒他那不孝的子媳不得好死！

深夜十二點多，寬闊的路上杳無人煙，只有散步的貓兒小狗路過，而最不該出現在路上的，是一列腳踏車隊。

一行七個人，幾乎都穿著高中制服，絕對不屬於可以在外遊蕩的年紀。

更別說，這鄉下地方，哪有什麼地方好遊蕩的？而且他們還騎向山區的郊外，越騎越遠……

「等等。」廖雅倩中途停了下來，她的手機響個不停，拿出來瞧，家人已經打了幾十通電話給她了。

「是妳媽嗎？」鄭欣明傳了封簡訊後，就把手機關了。「要不要乾脆關機？」

「可是……」廖雅倩擔憂地咬著唇，就這樣關機，回家豈不被打死？

突然間，冷諺明一把搶走她的手機，按下通話鍵！

所有人莫不倒抽一口氣，他在幹嘛啦！嫌情況不夠亂嗎？

「喂，小倩跟我玩得正開心，妳不要再打來了！」他乾淨俐落地講完，掛掉，關機。

廖雅倩目瞪口呆，完全措手不及。

「你……你幹嘛！」她回過神，劈頭第一句就開罵，「你這樣跟我媽講，我回去怎麼交代?!」

「就說我們一票都在一起不就好了？」他老大倒是很輕鬆，把手機扔還給廖雅倩。

「哪有這麼簡單啦！」廖雅倩怒氣沖沖地收起手機，腦子裡結了千百個結，這下子回去完蛋了啦！

冷諺明悻悻然的回身走來，阿呆無奈地瞥了他一眼，「一定要這麼幼稚嗎？」

「你這矮冬瓜少訓我！」冷諺明不偏不倚，正中阿呆的傷口。

「噗……」結果好友馬吉還沒幫腔，王羽凡倒是笑了起來。

誰叫阿呆到高三了，才長到一百六十七嘛，再這樣下去，他永遠矮人一截啦！班代連忙暗示王羽凡別笑了，她明知道身高是阿呆最介意的事！

阿呆腳踏車一旋，走人。

「噯噯！你幹嘛這麼容易生氣啦！」王羽凡連忙攔住他，嘴角還有笑意咧。「老大跟你開玩笑的啦！」

阿呆回頭白了冷諺明一眼，再往廖雅倩那兒一瞥，「妳們好了吧？我這人很重睡眠的，快點！」

兩個女生唯唯諾諾地點頭，趕緊往前騎去。

阿呆一路帶頭，方位差不多了，接下來就是由他辨識最陰邪之處！沖天的陰氣全都是後頭那票高中生造成的，這裡之前非常的祥和，有萬應宮在，哪有這麼邪的東西膽敢造次？

但是，冥紙八卦陣開啟了某個契機，讓許多隱約懷有怨與恨的鬼靈，一瞬間增幅了！

冷諺明的車子忽地騎到他身邊，而且盡量靠得非常近。

「幹嘛？」他沒給好臉色。

「我才不相信你。」冷諺明冷哼一聲，「再怎樣你不可能真的離開，扔下我們。」

「你會不會對自己太有自信了？要不是那女人堅持要幫你們，你以為我會管這種瑣事嗎？」

「是嗎？你的確是為了風紀，但並不是因為風紀堅持的關係。」冷諺明睨了他一眼，「我還不確定你的意圖，但我不認為你是好心腸。」

阿呆瞅著他，揚起一個笑容。「我從來就沒有一副好心腸。」

若不是羽凡可能被牽扯在內，他最厭惡管這種自作孽的事情了！廟裡現在是爸在主掌，他也討厭解救這種拿火燒自己再來求救的傢伙。

這種人，根本沒有同情的必要。

「前面氣氛很怪耶……」王羽凡這方面倒是敏銳些，「阿呆好像又在生氣了。」

「不對盤吧，妳別想太多。」班代溫溫地勸慰著。

「喔……班代，真歹勢捏，明明沒有你的事，你還跑出來幫我……同學！」她嘟起了嘴，好生愧疚。

「不會，妳的事就是我們的事。」他穩重地微笑著，心裡卻有別的念頭蠢蠢欲動。

他已經注意到了，這整串試膽活動的背後，可能有相當驚人的真相！他也相信阿呆早就已經發現，所以才願意幫這些自討苦吃的人。

最重要的是，一不小心，連羽凡都會扯進去。

「凡，昨天在學校跳樓的女生，是妳同班同學對吧？」班代還想確認一件事。

「嗯！」提起李如雪，王羽凡沒來由的被灌輸了虧欠感。

「我今天聽下來，她也是參加試膽大會的人嗎？」

「不是不是！」王羽凡連忙搖手，「她跟我同路回家，就我之前說過，有個單親爸爸的正妹，家裡有門禁時間那個啊！」

「哦——」他遠遠地看過，的確是個美女！

「本來要一起回家，都是前面那位大哥先生帶著一列車隊偏離主要道路，我才想去一探究竟！」她又嘆了口氣，「我叫如雪先走叫了兩次，她不知道為什麼，非跟不可。」

「所以她是跟著妳，後來才進去那片林子的？」

「嗯！」王羽凡掛著微笑，用力地點頭。

既然如此，那為什麼李如雪會身亡？而且還是死在第二傳說裡？

班代想由王羽凡口中親自證實，李如雪真的並非試膽大會的一員，但既然如此，就不該會被捲進去！

在裡面有發生什麼事嗎？為什麼會牽涉到外人？這是班代百思不解的原因，因為如果李如雪會被捲入，那代表羽凡也極其可能！

最重要的……班代握著手中的地圖，這份地圖，剛剛告訴他一個天大的祕密。

「看！」廖雅倩的聲音在後頭驚呼著，所有人紛紛往前方看去。

夜幕其實並非黑色的，而是深藍色，偶爾點綴著銀色的星辰，或是鵝黃的月亮。

但是，左前方有一處的天空，是徹頭徹尾的深黑色。

「到了。」阿呆率先下車，牽著腳踏車到一邊架好。

他就站在路邊往上看，果然名不虛傳，亂葬崗的無主魂非常多，都在這兒徘徊，萬應宮其實都做過法會，但有的人搞不清楚自己是誰，不走；有的人是被殺的懷有怨念，也不走；還有人心有懸念，打死不走。

群聚在這兒，陰者愈陰，所幸這塊地的風水特別，讓他們無法發展成惡靈。

亂葬崗沒有什麼路，全得踩著墳頭前進，下方有一尊土地公，阿呆便前往拜拜，告知土地公他們即將進入亂葬崗的舉動；大家看見了，也一起過來拜拜，現在看到神明，心裡踏實多了。

「有用嗎？」班代冷不防地在阿呆耳邊問。

「嗯？」他不懂，班代用下巴指了指冷諺明那群正在拜拜的人。

「我猜沒用。」他淡淡地說著，「如果這邊再死一個人，就證明我的想法了。」

班代忽地將地圖呈給阿呆，他狐疑地低首看著，兩個男生在一旁竊竊私語後，都了然於胸。

這場試膽大會，原來就是條不歸路。

「你們，」阿呆轉過身來，對著大家說話，「去竹林那夜，有這樣跟土地公或是神明拜拜，告訴祂們你們即將要做的事嗎？」

眾人面面相覷，然後心虛地搖了搖頭。

「不太清楚要做這件事耶！」鄭欣明疑惑地看向朋友，「出發前要拜拜嗎？」

「為什麼要講？」冷諺明也丈二金剛摸不著頭腦。

原來如此，他們沒有得到神明的庇護。

班代不禁錯愕，他沒想到要夜遊跟試膽的人，會連基本的常識都不知道？至少要有萬全準備啊，連對神明的基本尊敬都沒有，誰保得了他們？

那片林子裡屍骨眾多，表示進去試膽的人也不少，但是每個人都會把基本的步驟做好，也從來沒有鬧出大事情；唯有這一票，什麼都搞不清楚就胡作非為，沒有神明的庇護，什麼都能招惹上身。

「等會兒上去時，每一個踏腳處都是別人的墳墓，所以要記得喊借過，這是對死者的尊敬！」阿呆清楚地交代著，「手牽著手，千萬不要放手，不小心鬆了手，就不要再牽了。」

「咦？為什麼？」廖雅倩已經緊扣了鄭欣明的手，她會怕啊！

「因為有時再牽起時，已經被魍魎鬼魅替代了，妳根本不會知道妳到底牽到誰的手。」阿呆語調平淡自如，一票人卻聽得毛骨悚然。

接著由阿呆排隊形，他走最前面，王羽凡第二、班代第三，剩下的就男女交錯，擔心有些地方坡度高，女生不好走，要靠男生拉拔。

「那為什麼我身後是班代？」王羽凡抗議。

「因為妳力氣比較大。」阿呆聳肩，「妳也別指望我拉妳一把。」

王羽凡氣呼呼地回頭，不客氣地瞪向班代，「班代！你要減肥了啦！」

「嘿嘿嘿……」知道知道，這句話王羽凡都喊三年了。

「啊，等一下！」鄭欣明一直處於緊張狀態，「我忘記拿手電筒了，放在書包裡……」

「不需要手電筒。」阿呆立刻否決，「手電筒本來在夜遊時就不能亂照！你們真的很多事情都不知道耶！」

「咦？不能亂照？」小余可錯愕了！夜遊不帶手電筒，那怎麼看得清路呢？

「沒錯，尤其是樹。」阿呆淵淵地說出最大禁忌，「不過我猜，你們那日在竹林裡應該已經照得亂七八糟了吧？」

試膽成員紛紛白了臉色，他們還真的不知道手電筒不能亂照，最大禁忌還是樹木？

「這裡的好兄弟們也不會希望你們亂照，容易激怒它們！最重要的，我不希望你們有人照到不該看的，等會兒嚇得失足跌落，影響到這列人。」

因為這亂葬崗很大，但並無一條正式的道路可走，所有人手拉著手，必須繞過一個又一個的墳頭走著；這情況好比是攀岩的人們，一整隊總是用許多繩索互相牽絆，以防有哪個同伴失手摔落時，至少還有許多人可以分擔重量，阻止他墜入崖底。

他們現在就是這樣，當以阿呆為首，七個人連成一個縱列，在黑暗裡行走時，最怕的就是有人慌亂、有人失足，這勢必會牽連到所有人的安危。

大家紛紛同意，現在為了破除這可怕的試膽詛咒，說什麼大家都願意嘗試。

阿呆跨上矮石牆，踩進第一個墳頭，借過。

那是個滿心怨恨的女人，她似乎是被人輪姦至死，草草埋在這兒，心有怨念無法昇天，雖說是作繭自縛類，但是阿呆一點都不反對她找到仇家報仇。

問題是女人連靈魂都蒙著雙眼，看來該找誰報仇雪恨都是個問號，那就真的是自己綁住自己了。

每一步借過，每一次都可以瞧見飄移的鬼魂，阿呆沒有深入亂葬崗過，這兒的法事都是統一舉辦的，沒有人親自接觸過這些幽鬼們。

或許，他改天找個時間，一一淨化它們也不錯。

對於亡者，阿呆的同情憐憫永遠比對活著的人多。

事實上，現在手牽著手的這七個人，每個人都看得清楚明白！不知道是否因為這兒極陰的關係，還是他們已經變成看得見鬼的體質了，每一個可怕的好兄弟，都在他們附近繞。

恐懼跟牽手的力量成正比，每個人都覺得自己的手快被握斷了。

「我們要走到什麼時候啊……」最後頭的廖雅倩小小聲地問。

「噓！」小余精神緊繃，專注於一直喊借過。

廖雅倩東張西望，她為什麼要在這裡？她現在應該在舒服的冷氣房裡，抱著被子睡覺才對。

不該來的！她應該補習班下課就跟著爸媽回家，被打被罵都沒關係，了不起直接說曠課也無所謂的！

不對！一開始就不應該參加試膽大會！都是欣明害的，那天欣明好奇地轉頭去看冷諺明在寫東西，得知了他即將「招兵買馬」去試膽，結果欣明就趁機問她要不要去？

試膽、七大傳說，這些讓人又怕又好奇的事物，她根本不敢。但是如果很多人的話……她覺得那很有趣，而且指考前的壓力逼得她快喘不過氣來了。

有點刺激的事物當然很有意思啊，所以她禁不起欣明的遊說，點頭了。

反正只是試膽，反正傳說多半都是以訛傳訛，不看阿嬤口中一堆禁忌，沒一個有根據的？

現在回想起來，她後悔死了！

『怎麼可以怪別人呢？』

驀地，老者的聲音就在耳邊，廖雅倩嚇了一跳，她緩緩地向左望去，那兒有個無主墳。隆起的土丘上荒煙蔓草，但它至少有塊碑哪！廖雅倩小心翼翼地再向四周張望一下，她明明聽見老人家的聲音……

『妳現在一定想逃跑對不對？』那聲音又來了！

廖雅倩冷汗涔涔，恐懼地東張西望，最後就在那塊墓碑上，看見了一個白髮蒼蒼的老人家。

老人家不是坐在自個兒的墳頭上、也不是坐在自個兒的墓碑上，而是自碑石上浮出一張臉！

亂葬崗上的人臉墓碑！廖雅倩驚恐地叫了起來，急忙地想推著前頭的小佘快走，但是一列人在山坡上哪能這樣推？只見她心一慌、腳步一錯落，絆到了墳頭外的壠牆，整個人直直趴上了老爺爺的墳頭！

天哪！廖雅倩狼狽地想要爬起身，怎奈墳頭是圓的，她只是越掙扎越往下滑動，直當腳尖抵到了壠牆，才勉強止住滑行。

可是頭一抬，正對著那浮在墓碑上的人臉啊！

廖雅倩瞪大了眼睛，看著那個詭異的墓碑，跟傳說一模一樣，是個沒有刻字的石碑而已！

而一張臉宛如浮雕般的，就浮刻在那無字的墓碑上！

「我我……你……」她慌亂地往一旁看去，人呢？小余他們一列人怎麼不見了？難道沒有人聽見她摔倒，小余也沒發現她鬆手了嗎？「小余！風紀！」

『聽不見的，聽不見的！』墓碑上的老臉說話了，『妳在我的墳頭上啊！』

咦？是嗎？廖雅倩驚恐地往下望，她真的就坐在人家的墳頭上頭！所以她飛快地撐著墳土起身，想趕緊跳出去。

說時遲那時快，墳墓四周忽地長出荊棘藤蔓，瞬間交織成牆，完全把墳墓包在裡面，也阻止了廖雅倩的去向。

「不——為什麼！」她驚叫起來，「放我出去！」

『等了妳這麼久，我怎麼能輕易地放妳出去呢？』老爺爺咯咯地笑了起來，廖雅倩可以感覺到整座墳地在震動。

「什麼等我……你……您搞錯人了！」她跟著哭出淚水，「我不是你那個什麼媳婦，我沒殺你、更沒害你喔！」

那原本慈眉善目的老臉忽地一凜，笑容瞬間斂起，然後像是瞪著她般的皺起眉頭。

『我那個媳婦啊……哼，膽小的自私女人！竟然把我放在那裡等死！』瞬間，和顏悅色的老爺爺消失了，取而代之的是一個憤世嫉俗的猙獰面孔，『平常做事不好好做、偷懶成性，還敢對外說我虐待她！』

誤會嗎？不過這誤會跟她一點關係也沒有啊！

「不……不關我的事啊！」她全身不住的發抖，小余！風紀！怎麼就沒人注意到她！

『妳也一樣吧！只想把過錯推給別人，而且什麼事都懶得做！』老爺爺打量著她全身上下，『作業是抄的吧？勞作都推給妳同學吧？我看另一個女孩挺乖巧的，被妳利用得很徹底嘛！』

「我哪有！」廖雅倩緊握小拳，這個老爺爺怎麼知道？

她並沒有利用鄭欣明啊，她晚上回家要看電視，作業常常忘了寫，反正寫作業又不代表什麼，隔天早點去學校，跟欣明借來抄就可以了！美術課最煩了，花時間在那邊縫縫補補、黏東黏西的，欣明有美術天分，畫得美、手藝又巧，只要裝做很笨拙，她就會幫忙了。是鄭欣明自願幫忙的，她可沒有強迫她喔！

『妳跟我那個媳婦一個樣兒，只會裝可憐、裝弱小、裝無助，事實上比誰都會算計。』不知道是不是錯覺，老爺爺的臉浮出更多了，『我有跟妳提到，當初我是怎麼死的嗎？』

「就……就失足跌倒……」廖雅倩照著傳說中的講了一遍，心裡渴望著冷諺明或是王羽凡會突然衝進來。

『啡啡啡……哈哈哈，是啊，我跌倒了，我撞破頭了，可是——』老爺爺倏地橫眉豎目，『我還沒斷氣呢！』

咦？廖雅倩瞪大了眼睛，這言下之意難道說……老爺爺是被活埋的？

「我……我出去後會幫您說的，我會告訴大家您的冤屈！」廖雅倩趕緊討好老爺爺，只希望敢快出去。

『唉，用不著了，再多的戾氣，也被歲月磨光了。』下一秒，老爺爺又恢復那和善溫吞的模樣，『我媳婦也都幾世前的人了，我找誰算帳去。』

「是……是啊。」那就不會找她麻煩了吧？

『一直等，好不容易盼著妳囉。』老爺爺聲音裡帶著笑，說了句讓廖雅倩頭皮發麻的話。

「盼……盼著我？」她緊張地嚥了口口水，敢情她是他媳婦的後代嗎？可是禍不及子孫吧！不關她的事！

『我還在想為什麼是妳呢，原來早有安排，妳的性子跟我媳婦一個樣兒，或許希望我能有點報復的快感吧？』老爺爺轉轉頸子，嘆了口氣，『我早沒恨沒怨了，只希望快點離開這裡。』

「那干我什麼事？」她一臉嫌惡的模樣，急欲撇清關係。

老爺爺瞇起眼，那眼神裡帶著點睥睨、帶著點憐惜、還帶著點無奈。

『什麼麻煩都跟妳沒關係嗎？咯咯咯……真是夠自私了。』

「我本來就什麼都沒做，這跟自私有什麼關係！」廖雅倩氣急敗壞地喊著，為了捍衛自己的性命，「小余！冷仔！風紀——我在這裡！你們聽見了沒！」

『妳已經鑄下大錯了，也該輪到妳幫別人好好做點事了。』老爺爺笑著，而眼前的圓頂墳土開始劇烈震動。

「呀——阿呆！阿呆！」

※　※　※

不遠處，阿呆怔了一下，他很狐疑地往四周張望。

「怎麼了？」身後的王羽凡關心地問著，扯扯他的手。

「好像聽見有人在叫我……」他皺起眉，「大家都在嗎？」
「在吧？」
「我很OK！」
「我也在喔！」
「哎，報數好了。」王羽凡戳了戳阿呆的背部，「你一號。」
「一」、「二」、「三」、「四」、「五」、「六」、「……」
「六！」鄭欣明擔心的喊了聲，「小倩？」
沒有回音。
牽著廖雅倩的小余恐懼地圓了眼，只敢直勾勾地看著回頭來的鄭欣明。
他的手上……還牽著人吶！
班代也立即回首，眼睛早已適應了黑暗，雖然無法清晰地辨識出每個人的臉孔，但是至少也看得到一個人形。
小余身後，卻沒有一個人站著的樣子。
「怎麼回事？」王羽凡急著想往下看，卻同時被阿呆跟班代緊扣住雙手，並施以力量推回去！
咦？王羽凡整個人被往後壓制，她怎麼突然覺得……阿呆跟班代像是綁住她行動的兩端？

「小余！小倩咧！」冷諺明拉開嗓門喊著。

「在……在我身後啊！」小余兩腳一軟，整個人差點往地上跪去，「我……我還牽著她咧！」

倏地最前頭一亮，阿呆拿出手電筒，往這邊照過來。

「其他人都看向我，不許回頭。」手電筒的光源照在小余的左手上，「小余，把你左手舉起來。」

小余緊閉起雙眼，嘴上不停地唸著南無阿彌陀佛，顫抖地把左手舉起。

他的確牽著一個人的手，但是也僅限於手而已。

只有手腕的部分，看起來尚未完全腐化，緊緊地握著小余的手。

「小余，看著我的方向，請你冷靜回想，剛剛跟小倩有鬆手嗎？」阿呆來回照著那隻女子似的手，附近有東西在竄著。

「沒有！我跟她……」小余突然啊了一聲，「只有一下下而已，小倩好像突然鬆了點，可是只有一秒鐘啊！她就立刻又牽回來了！」

「很多事情就發生在一秒鐘。」班代淡淡地作了個結論，回頭看向阿呆，「怎麼辦？」

「不知道多久之前放的手……現在得回頭去找人了。」阿呆拿著手電筒，調到最亮，

開始在四周到處亂照。

許多被照到的冤魂們齜牙咧嘴的，這小子不知道那燈亮得刺人嗎？加上他那副大眼鏡反光，礙眼！

站在別人墳地上的六個人根本坐立難安，大家什麼也看不到，唯一能感受到的只有冒著汗的手心，與另一端的同學。

可是此時此刻，這手上的溫暖卻比什麼都讓人安心。

唯有……小余一個人例外吧。

「在……在我手上的是什麼？」小余不可能不知道，廖雅倩已經失蹤了，可是他手上的觸感還在啊！

「你冷靜點，只管看著鄭同學就好。」班代一字一字的慢慢說著，卻有著穩定人心的力量，「你不要握著她，只要讓對方握著你……什麼也不要管。」

說得那麼輕鬆！小余更加用力地握住鄭欣明的手，她小小聲地告訴他：你放輕鬆，我在這裡，我是貨真價實的鄭同學喔！

不知道是女生的聲音比較柔膩，還是那胖班代的聲音真的很讓人心安，小余聽話地閉著雙眼，鬆開自己緊張的左手，不再緊握著那隻未明的手。

他以為那是廖雅倩的，他才會握得那麼緊啊！

他多怕落在最後一個的她，突然發生什麼事，所以才一直拚命握著，還不止一次的低語呢喃，要她小心點、要她注意……

他到底是在跟誰說話啊！

阿呆在上頭終於激怒了一個在群架中被打死的人，男人腹部一個大洞，凶狠地朝他衝過來，一臉駭人的模樣，卻瞬間被秒殺。

阿呆的念珠圈住他的頸子，在他頸子上燒出一圈似紅鐵的烙痕，所有人都聽見有聲音哀哀求饒。

「我有同伴落單了，告訴我哪個方向。」阿呆只是要問路而已。

男人指向下方，痛苦難耐。

「小余，換你帶頭，轉過身後，往你的左前方去。」阿呆謹慎的報路。

小余吃力地轉過身，他深怕看見他身後牽著的「人」！但說也奇怪，當他一旋身時，那隻手卻忽地鬆開了。

他當然沒膽張望，只敢步步為營地繼續喊借過，往阿呆指引的方向走。

越往下走，有個聲音越來越明顯。

「救命啊——救我！」是女孩的聲音，「風紀！阿呆——冷仔！」

「是小倩！」鄭欣明哭喊起來，是她馬吉的聲音啊！

「不要跑！」阿呆及時喊住大家，「小余，你是帶頭的人，責任重大，千萬不能亂！」

「好！」這輩子第一次有機會「帶頭」，小余燃起了強烈的責任感。

終於，他們看見了一個詭異的墳墓。

那半圓形的墳頭外圍像築起了高牆，阿呆要大家繞著那圓形走，包圍住墳地，他才好逼近探視。

「好像是……植物！」班代瞇著眼瞧，「是一種野生荊棘！我祖先的墳地曾經長過這個！」

「小倩——」鄭欣明在外頭大喊著。

「欣！欣欣！」廖雅倩的聲音由裡頭傳來，只是……有點遠。

因為，這裡頭的隆起土堆正如紅海般一分為二，而土塊像活著似的，拚命地裹住她的腳，不停地往上埋。

「冷仔！賴打！」阿呆朝著冷諺明的方向喊著，菸味那麼重，鐵定有火。

冷諺明有點遲疑，打火機在他口袋，要是伸手去拿，豈不就得放手嗎？可是廖雅倩在裡面叫得那麼淒厲，萬一再慢的話……

「左邊右邊。」冷不防的，阿呆已經站到他跟前。

原來他依然拉著王羽凡跟班代，唯有他是可以輕易移動的。

「靠！你想幹嘛？幫……幫我拿嗎？」天色太黑，瞧不見冷諺明一定很好笑的赧色。

「不說我自己找喔？」阿呆忍著笑，調侃這位大哥也挺有意思的。

「右……右邊啦！」事實上冷諺明已面紅耳赤，可是卻完全不知道該怎麼辦。「你不要亂摸喔，賴打很好找的喔……按！」

阿呆伸手往他的右口袋去，打火機果然非常好找。

「要燒掉這裡嗎？」鄭欣明心急地看著眼前高過人的荊棘牆，「這樣燒來得及嗎？不會引發大火嗎？」

「放心。」班代的聲音帶著淺笑，讓所有人不明所以。「阿呆只是變個魔術。」

阿呆要大家退後一小步，然後點燃了打火機，往荊棘上一點，那火勢瞬間延燒了整片牆——卻不會熱！

王羽凡突然想起，那夜在竹林裡燒上她手的火團，一點兒也不會燙呢！

只有區區數秒，那片荊棘牆竟然消失得無影無蹤，問題是，連剛剛那劇烈火勢也一併消失。

大家應該為這等「魔術」拍案叫絕的，但是荊棘牆後的景象，讓大家啞口無言。土，追著廖雅倩跑。

它們層層裹住了她的腳、她的腳踝、她的小腿乃至於她的腰際。

這墳頭就這麼大，被困住的廖雅倩無處可躲，像待宰羔羊一般，再怎麼閃躲也避不開層層裹上的土塊。

現在，圓形的墳頭前面已然密合，墳頂嵌著只剩胸部以上的廖雅倩，她身後連結著墓碑的土塊還在波動，它們不停地堆高、堆高，意圖把廖雅倩整個人掩埋。

「救命——」她狂亂地伸手抓著黃土，可是身子卻越來越重！

『活埋有一點點痛苦，但是其實很快就過了。』老人家的聲音自上方傳來。

這引起了大家的注意，上頭的墓碑上浮著老人家的臉，正凝視著一寸寸被埋的廖雅倩。

「人臉……墓碑？」冷諺明喃喃唸出來。

『呵呵……同伴啊！』老爺爺呵呵地笑著，墳地突地劇烈震動。

站在最外圍的小余，竟然被甩了出去。

「哇呀！」鄭欣明左手一空，失聲尖叫，「小余掉下去了！」

餘音未落，慌亂的她也重心不穩，絆到了後腳的石塊，跟著往下摔！

一瞬間場面變得亂七八糟，阿呆跟班代交換眼神，再度扣緊意圖要衝下去救人的王羽凡；而冷諺明甩開兩邊的手，往下頭奔去。

「救我……」眼看著土堆，已經掩到頸子……廖雅倩五指在土堆上留下爪痕。

阿呆鬆開手，對王羽凡跟班代笑笑，「先去救活人比較要緊！」

他們立刻拿出手電筒，顧不得其他的三步併做兩步，往下頭的哀鳴聲去。

阿呆站在外圍，看著土堆把廖雅倩往墳裡拖。

「我不要，為什麼會這樣……為什麼……」

「因為你們觸犯了禁忌了。」阿呆的視線看向墓碑上的臉孔，竟雙手合十，深深一拜，「辛苦您了，老爺子。」

『好說好說……』那臉龐用力凝視著廖雅倩，下一秒，所有的土就完全掩埋住高中女生。

隱隱約約，阿呆還可以聽見廖雅倩最後的嘶喊。

緊接著土堆震盪，從尖橢圓形的樣子，回復成半圓形的丘陵，已經看不見廖雅倩的身影。

「阿呆——」下方王羽凡在高喊著，他淡然瞥了這安寧的墳場一眼，從容地往下走去。

小余失足跌落後一路往下滾，原本會撞上一個尖石，但是卻有相當柔軟的東西擋住他的頭，他覺得那彷彿是一個女孩子的手。

緊接著鄭欣明也滾過來，衝力加上重力加速度，他原本以為會完蛋的，但是卻發現自己不動如山，身後像有人抵著。

接著是大哥的聲音，然後是風紀，他們紛紛拿著手電筒巡視他們身上的傷口，除了小

擦傷外，完全沒有大礙。

這算是不幸中的大幸。

「那個女生說你很體貼也很善良，牽她牽得那麼緊，所以她稍微救了你一命。」班代看得一清二楚，指著不遠處一個被勒死的少女，幫她翻譯。

小余根本不敢回頭，只是暗暗地點頭，想不到生平第一次有女人緣，竟然是……阿飄？

「小倩呢？」好不容易站起身的鄭欣明，依然擔心著自己的好友。

「來不及了。」阿呆往上頭看去，「那種情況大家什麼都做不了。」

鄭欣明圓眼一睜，淚水泉湧而出，嗚哇一聲就哭了起來。

其實在報數時，大家都心知肚明，不知何時失蹤的廖雅倩早就是凶多吉少了。

冷諺明堅持要再上去看一眼，大家也跟著回頭，但是他們見到的只有平靜如故的墳丘，一樣無字無圖的空白石碑，但無論鄭欣明怎麼叫喊，再也聽不見廖雅倩的聲音。

於是，他們又折損了一個同學。

鄭欣明呆然地望著停在她旁邊的腳踏車，半小時前她們才說要一起回家，半小時後，只剩下她一個人了。

「這有問題！這是什麼跟什麼！」冷諺明終於忍無可忍地大吼起來，「要我把試膽完成？問題是每試一個就逼死一個人！這是怎麼回事?!」

他火爆地直接衝向阿呆，二話不說就揪起他的領子。

「喂！」王羽凡跟班代立刻衝上前，怎麼可以欺負阿呆啊！

鄭欣明跟小余淒涼地互看一眼，是啊，竟然只剩下他們了。

「問我做什麼？我怎麼會知道？」阿呆整個人都被舉離了地面，「該問的是你們自己吧？」

「不要跟我說那種五四三的，我聽不懂！」冷諺明怒不可遏地吼叫著，「你一定知道些什麼！說！」

「放手！」一個女生氣勢十足的叫聲，一個有勁的拳頭揮來，冷諺明瞬間被往後打飛，當然也不得不鬆了手。

阿呆落地，班代及時接住他，而王羽凡瞬間擋在前頭，擺出一副要幹架的樣子。

冷諺明狼狽地摔了個四腳朝天，痛得屁股都裂成兩半了，最重要的是，他嘴內流滿了血！

「大仔！別這樣！」小余趕緊扶起他，場面怎麼變成這麼火爆。

「可惡！這當中有鬼！就知道那個阿呆不能信！」冷諺明用力把血啐出一地，「我不會再上你的當了！我們走！」

冷諺明用力扯過腳踏車，吆喝著小余跟鄭欣明跟上，他們兩個既無助又恐懼，不懂這

時候搞什麼內訌！

「走啊！你們還想跟著他嗎？」冷諺明氣急敗壞地尖吼著，「他知道些什麼卻不講！然後帶我們來這些地方，試一次膽死一個人！」

連王羽凡都不可思議地都望著阿呆，他知道什麼嗎？

「你不是也知道嗎？」阿呆撫著頸子，這冷諺明力道真大。

「按你老子咧，老子什麼都不知道！」

「你剛不是說了？」阿呆冷靜地望著他，「試一次膽，死一個人。」

第六章 七大傳說

昨天晚上，在阿呆說出那句駭人的話語之後，就再也沒有任何聲音了。

雖然冷諺明怒氣沖天地騎了腳踏車離開，小余跟鄭欣明也趕緊跟在後頭，但氣氛變得很僵！回家的路上，王羽凡狐疑地問阿呆是不是有什麼沒說，他卻斬釘截鐵的說沒有，最怪的是……連班代都幫腔。

王羽凡當然覺得很奇怪，事實上每次遇到這種事情，阿呆都不會把話講破，她也該習以為常，可是……他們從來沒有遇過這麼可怕的殺戮！

每到一個地方試膽，就死一個人。

那為什麼要繼續？為什麼不管生者、逝者都要大家繼續這個危險的任務？既然傳說是真，那兒真有惡靈或是厲鬼，就算了嘛！可以交由萬應宮去處理，為什麼要幾個高中生去完成？

而且，弄得彷彿是因為他們開的頭，就必須由他們收尾一樣。

鄭欣明回到家後，傳了簡訊給她，說她被罵了狗血淋頭，只說跟同學出去玩，但是去哪兒、做什麼一個字也沒說；她爸媽打給廖雅倩的家長，卻聽聞廖雅倩未歸的消息。

鄭欣明忍痛說謊，她說她並沒有跟廖雅倩一起去玩，她們下午吵架後就分道揚鑣了。

其實大家都知道，不只是廖雅倩的失蹤、還有豬頭跟阿才，只要過了二十四小時，就可以被列為失蹤人口了。

高三，星期六也不得閒，王羽凡再疲累，還是起了個清早，得到學校去應付一堆根本沒準備的考試。

現在誰有心情念書啊，不到十二個小時前，兩個同學在她眼前慘死：一個從橋上掉下溪裡、一個被活埋。

下一個是誰呢？連她都不禁這麼想，七個傳說如果會喪失人命的話，那不是每一個參與試膽的人都會身亡嗎？哪有這種事！阿呆難道一點破解法也沒有嗎？

那片竹林，他說過有萬應宮的痕跡，就表示曾經有人可以封住那裡頭可怕邪惡的厲鬼，既然如此，那為什麼要犧牲這麼多人？

她頹然地走進校園，立刻就有人朝她衝過來。

在尚未看清之際，熱辣的耳刮子就這麼襲上她的臉頰！那力道之大，她差一點就覺得自己的臉要被打爛了！

「李先生！」

一陣天旋地轉加耳鳴，王羽凡被打得向後踉蹌了數步，雙手撫上臉頰，她尚且搞不清楚發生了什麼事！

眼前站了一個高大魁梧的男人，她認得，那是李如雪的爸爸！

導師跟訓導主任都衝了過來，導師扶住她，訓導主任跟教官都在勸阻著李先生。

「妳！王羽凡！是妳殺死我女兒的！」李先生憤怒的指著王羽凡，破口大罵，「妳說清楚，那天到底帶如雪去什麼地方？為什麼那天她晚歸後整個人就變了樣！」

好痛！王羽凡舔舔口內，牙齒咬破了皮，唾液中有鹹腥的味道。

「李先生，請你不要這樣，有話好好說，不要動手！」教官拚命擋著他，「你不能隨便就打我們的學生！」

「為什麼不行？她是殺人凶手，是她殺死如雪的！」李先生是木匠，力道很大，使勁一揮，就把瘦小的男教官甩到一邊。

「羽凡，妳先跟老師走！」導師情急之下，決定先把王羽凡帶開。

「不必！」王羽凡按住導師的手，「老師，妳閃開一點。」

說時遲那時快，龐然大物的李先生已經來到王羽凡面前，他是比她高了許多、也比她壯碩，但是很多事情不是力氣大就贏的！

李先生不客氣地抓住王羽凡的手，而她卻更俐落的一壓身子，直接反向扭轉李先生的手，跟著來了一招過肩摔！那動作如行雲流水，流暢自如，讓趕過來的柔道社老師都不禁

暗暗鼓掌，不愧是學校之光啊！

借力使力，即使如李先生的重量，對王羽凡也不成問題！

「我並沒有害如雪！」她站定在李先生身邊，堅毅地俯視他，「事情不是你想的那樣！」

李先生吃疼地爬起，他的確沒想到，這個王羽凡竟然能夠這麼迅速地將他摔在地上！

但這舉動，只是增添他的怒火。

「誰說沒有？那天妳送她回來的不是嗎？她跟我說她好怕，哭了一整夜，問她發生什麼事也不講！妳看過如雪寫的日記了嗎？密密麻麻都是妳的名字！」李先生怒吼著，那悲痛的心王羽凡感受得到，「這件事如果真的與妳不相干，那現在就說清楚，那天晚上妳帶如雪去哪裡了！」

老師們、教官們，甚至圍觀的同學們，都不約而同的望向王羽凡。

是啊，李如雪的自殺原本就很離奇，她完全沒有憂鬱或是自閉的傾向，看過那本日記本的人都知道，矛頭全指向王羽凡一個人。

王羽凡緊握雙拳，她不能說，不該說……

「羽凡，妳說說看吧，要不然大家也不明白如雪的情況。」導師柔聲勸說，她承受的壓力也很大啊！班上同學自殺，她卻一問三不知！

「我——」她深吸了一口氣，打算說我不知道。

「王羽凡去找我們，是李如雪自己要跟來的！」冷諺明的聲音突兀地介入這微妙的平衡裡，「我們沒人知道她發生什麼事了，你們幹嘛把矛頭指向風紀啊！」

冷諺明站著三七步，衣衫不整，一副明顯的流氓樣，身後的小余也依樣畫葫蘆，兩個人口中都嚼著口香糖，以不羈之姿，睥睨所有人。

「你們去哪裡？」教官一見到冷諺明，一個頭就兩個大！怎麼扯到這小子了！

「個人隱私，無可奉告！」冷諺明兩手一攤，對著王羽凡招手，「風紀！早自習了，妳是不用管秩序囉！」

王羽凡機靈，聞言立刻抄起地上的書包，就要順勢離開；但是李先生哪有可能放過她，在他眼裡，是清楚的怨恨。

他一個箭步上前，意圖擋下王羽凡，可是小余跟冷諺明更快，完全擋住他的方向，別班的小弟也紛紛過來助陣，以人牆擋住李先生的去向，讓王羽凡順利地逃脫。

「李先生、我說李爸爸，你要不要先檢討你自己啊？」冷諺明摘下墨鏡，毫不客氣地指著李先生開罵，「你管李如雪管得那麼嚴，她當然一遇上有趣的事就想試試啊！那天小余也在的，風紀早叫你女兒先回家，是她堅持要跟！」

「對啊，我們看見李如雪才剉咧，有門禁的第一乖寶寶下課不直接回家，好恐怖喔——」小余尾音還高揚，像唱歌似的嘲諷。

「架恐怖喔——」冷諺明哈哈大笑起來，兩個人屌兒郎當地往回走。

「大仔，你那個梗太老了啦！」

李先生雙拳緊握，暴出青筋，這兩個小子……跟王羽凡根本是連成一氣！

「你們！一定要給我一個交代！」他大步走向訓導主任，「我今天就要在這裡等消息，否則我就要把這裡鬧得雞犬不寧！」

「李先生，您別這樣啊……」

「什麼別這樣！我女兒死了呀！」

他唯一的，最寶貝的女兒啊！

如雪是個乖巧的女孩，妻子在她三歲時意外過世，從此以後，就只有他們父女相依為命！她長得跟媽媽一樣漂亮，從小就容易受到注目跟欺負，到了小學時，還有國中生想調侃她！

他知道如雪美麗，可能會引來很多麻煩，所以當父親的當然就得保護她！他承認他的管教是嚴格了點，不但有門禁、也禁止男生打電話到家裡，但這一切都是為了如雪，她還不到自立的時機啊！

這樣從小呵護寶貝到大的女兒，就這樣跳樓自殺了？

他知道她從上星期開始就很怪，那天破壞門禁時間，由王羽凡送回來後，整個人就像失了魂，一下子哭泣、一下子傻笑，甚至還會一個人對著鏡子自言自語。

然後她不再叫她爸爸、不再一起吃飯，把自己鎖在房間裡，拚命的寫、寫……寫著一整本的日記，寫著王羽凡三個字。

唯一有邏輯可言的文字，來自於晚歸當夜。

『不該去的……我真的不該去！羽凡帶我去了那個可怕的地方，可怕的人臉、淒厲的尖叫聲，還有骷髏手抓住我的腳！而且有人不停地哭，還有人喊著我的名字！

不要纏著我！拜託！不關我的事！都是王羽凡！都是王羽凡！

爸爸救我……爸爸救我！』

沒幾天，那孩子就跳樓自殺了，還這麼巧，不偏不倚地落在王羽凡面前。

他知道如雪有冤，而他有怨，王羽凡就是這一切的關鍵！

如雪，放心好了，爸爸一定會救妳！一定會！

※　※　※

「我這下跳到黃河都洗不清了吧？」王羽凡沒好氣地托著腮，沒想到竟然有一天會跟冷諺明一起窩在頂樓。

「試試看澄清湖怎樣，很近耶，在高雄！」小余還有空打哈哈！

「這梗更老！」冷諺明用力拍了小余的頭一下，大家都在強顏歡笑。

頂樓門邊站著怯生生的鄭欣明，她根本不想踏入頂樓一步，因為她昨日才目睹了李如雪的跳樓……事實上她目睹了三個同學，包括摯友的死亡。

當然，王羽凡他們沒有蠢到在中正樓的頂樓聚會，心裡創傷太大，至少對鄭欣明而言，不可能痊癒得如此迅速。

「好痛！」王羽凡趴在牆邊，用手撫著腫起來的臉頰，「為什麼要打我?!為什麼每個人都說是我的錯！」

「問李如雪啊，誰叫她在日記本裡寫妳的名字！」冷諺明回答得一點建設性都沒有。

「問也沒用，她認定是我害的！」王羽凡咕噥著，「阿呆說過，世界上最沒有道理的就是人類，明明是自己的問題，卻總要推給別人，以求心安理得。」

冷諺明聽見阿呆兩個字，渾身就是不舒服。

「喂，風紀，妳那個小瓜呆朋友跟死胖子……」

「班代！你講話客氣一點！」王羽凡腳一踢，把頂樓的沙子往冷諺明臉上踢，事實上該客氣的人是她吧……

「呸呸呸！」冷諺明跟小余連忙吐著滿嘴沙，「响！班代班代！阿呆跟班代，這樣行了吧！」他抹去臉上的沙子，真夠粗魯的，「那兩個哪裡來的？妳怎麼認識的？」

「我們是國中同班同學啊！」王羽凡托著腮，遙望著藍天白雲，「因為國三的畢業旅行，讓我們變得更加接近了！」

小余頂了頂冷諺明，瞧粗暴女也有春天的咧，那一臉花痴樣。

「他們到底是什麼來頭？」誰管她的羅曼史啊？

「阿呆家就是萬應宮啊！萬、應、宮，別告訴我你不知道啊！」這台南縣市赫赫有名的廟宇，靈驗得跟什麼一樣咧！

「萬應宮？我知道！我知道！」小余用力點著頭。

「我嘛知道！那廟很興的！」冷諺明的家人也都往那間廟拜！「所以他會那些有的沒的喔！」

「什麼有的沒的，那可以救命！」王羽凡沒好氣地唸著，就不懂冷諺明幹嘛老跟阿呆犯沖？

「救命？」冷諺明嗤之以鼻，「妳要不要算算他出現之後，救過誰的命了？」

第一個是豬頭，他沒忘記那個小瓜呆就站在橋的另一邊，冷冷地看著豬頭在橋上發狂

喊著燙，又叫又跳；第二個是廖雅倩，當大家都去救小余跟鄭欣明時，也剩她一個人站在上頭。

如果她真的是有能力的人，為什麼偏偏一個都救不成？

王羽凡也知道，她背靠著牆，緩緩地滑坐下來。「阿呆啊……不喜歡人類。」

冷諺明跟小余兩個人錯愕的往她這兒瞧。

「現在連班代也越來越不喜歡了！他本來就冷冷的，很不喜歡幫助人，套他最常說的一句話——」王羽凡清了清喉嚨，模仿阿呆的口吻：「妳以為我有義務嗎？」

就這樣。她肩一聳，兩手一攤，阿呆要是聽見冷諺明剛剛說的那堆話，一定也是這樣回。

「妳……妳找一個討厭人類的傢伙來幫我們？」冷諺明不可思議地喊出聲。

「多少有幫助……吧？」王羽凡搔搔頭，這一次真的是死傷太慘重了。

冷諺明跟小余接著在那邊髒話罵個不停，王羽凡也沒有辦法，她不是阿呆，什麼都不會，還容易鬼上身；她唯一最威的是去年被神明附身時，聽說聖潔威嚴，整間廟的人都膜拜她呢！嘿！

可惜她一點印象都沒有，呿。

「那個阿呆同學……說的並沒有錯。」微弱的聲音來自門口的鄭欣明，她依然不敢踏上頂樓，只是站在門邊說著，「他並沒有幫助我們的義務，所以冷仔，你也不要怪他，根本不是他的錯。」

「那可不一定！」冷諺明才不這麼想咧，「如果他沒出現，是不是大家就相安無事？」

咦？這句話倒是敲醒所有人。

「他沒出現，誰會去完成第三傳說、第四傳說？靠，還不都是他！」

「可是……可是如雪也叫大家要完成啊！」王羽凡盡力幫阿呆說話。

「是啊，她是這樣說，問題是有人會去嗎？」冷諺明粗言粗語的，「試膽個屁，大家都是膽小鬼，誰看了昨天那景象還有種去試膽？」

小余默然，鄭欣明又在嚶嚶啜泣，連冷諺明自己都承認，他不是什麼大哥，是俗仔！

「有啊。」王羽凡抿緊了唇，「我、阿呆跟班代，我們昨天跟你們分開後，又回去竹林一趟了！」

「什麼！」冷諺明跳了起來，連小余都倒抽一口氣。「你們……你們跑回去……」

「也不是我們啦，就我跟班代留在外面，阿呆一個人進去。」她有點心虛，「我在外面，看見阿才的腳踏車了。」

「放在哪裡？」冷諺明激動地趨前。

「就在原本的地方，掉進一旁乾掉的水溝裡了……那天我跟如雪最後離開時，完全沒

有發現！」

「那阿才呢？」小余跟著爬過來，追問。

「阿呆說溶解了，跟土溶在一起，完全無法移動；阿呆走出來時，身上都是腐臭味。」王羽凡凝重地握緊拳，「那片竹林非常非常的不乾淨，太陽還沒下山，我就可以在外面看見……一大堆的人在裡面盯著我們！」

鄭欣明在不遠處嚇軟了雙腳，跪上平台，聽見一大堆人，她不難想起當初他們竟堂而皇之的這樣走進去。

「一大堆……那我們那天怎麼沒看見？」冷諺明連手都在發抖，拿出菸來想鎮定心神。

「你們帶著冥紙，擺明是要去踩詛咒的，對方幹嘛嚇跑你們？」

「什麼是……踩詛咒？」小余心裡超級怕，但是又不得不問。

「好像是說……你們擺的冥紙八卦陣，是可以幫助裡頭的厲鬼？哎呀，我也搞不清楚！」王羽凡索性坐上了地，雙手抱膝，「反正那裡是塊禁地，事實恐怕比傳說更可怕，因為阿呆說萬應宮曾經大費周章地封印過那邊……」

這些話非但沒有幫助冷諺明他們建立信心，反而把他們推進了恐懼的深淵！原來那天的試膽就是一個錯誤，他們觸犯到什麼了！

「那為什麼要試完？」鄭欣明已經泣不成聲了，她根本不想再繼續試下去了！「如雪、豬頭都說一定要走完！」

王羽凡說不出來，她也不知道答案。

她現在有比這件事更大的煩惱，那就是李爸爸！他看她的眼神彷彿想把她生吞活剝般的怨恨，好像真的是她殺死李如雪的。

王羽凡倏地站起身，面對了中正樓。

「李如雪！妳為什麼要把過錯推到我身上？就連死前也帶著一樣的想法怨我、怪我。這對我不公平！」她直接對著空中大吼，「為什麼就算死，也不承認自己的錯誤！」

王羽凡的吼叫聲引起許多人的注意，也包括在中正樓二樓會議室的李先生。

他根本是氣急敗壞地衝出來，攀著二樓的女兒牆瞧，瞪著在對面五樓嘶喊的王羽凡！這女孩子多麼要不得啊，已經害死了他的寶貝女兒還不承認，竟然還當眾叫囂！

「王羽凡！妳有沒有良心啊！」

王羽凡低首，看著盛怒中的李先生，更加的委屈。

「我王羽凡最有良心了！李如雪！妳幹嘛這樣害我！」她根本不想委曲求全，衝著李先生吼，「你該問問你女兒有沒有良心！」

「好了好了……」連冷諺明都忍不住拉住了她，「妳別再火上加油了。」

「我活該倒楣嗎？」她氣得咬住唇。

「暫時忍一下吧，他剛失去女兒，情緒總是不穩定，避一陣子就好了。」小余也把她拉下來，「等一下又衝上來打妳一巴掌。」

「那我就再過肩摔一次！」她忿忿不平，不喜歡背負不屬於自己的罪。

這下換兩個大男人好聲好氣的安慰她，沒經過這次相處，倒也不知道王羽凡真的這麼倔強！

事實上李先生的確打算衝過來再「教訓」王羽凡一頓，只是在樓下就被老師們擋住，這家長在學校公然打學生已經很超過了，現在還想再一次，簡直無法無天。

而且大家都知道李如雪是自己跳樓身亡，摔在一樓的王羽凡面前，怎能說是她害死李如雪的呢？

至於日記內容，連導師都說李如雪那一星期精神不穩定，光看日記內容也知道不是正常人所寫，面對一個精神患者寫的東西，也唯有做父母的會信以為真了。

樓上安靜了一會兒，等王羽凡氣消了，冷諺明跟小余低語幾句，就站起身，說了句先走了。

「走去哪？」她皺眉，那語氣跟神態都很怪。

「我們想自己解決下一件事。」沒有對王羽凡隱瞞的必要，「就我們三個自己去就好了。」

「怎麼可以！」她跟著跳起來。

「拜託，我們才是試膽的人，妳說那個什麼踩詛咒的人，不關妳的事。」冷諺明倒是挺清楚的，「而且我要試試，那個阿呆跟死胖子不在場的話，我們是不是一樣會出事。」

「豬頭及小倩的死跟阿呆沒有關係。」王羽凡理直氣壯地嚷著。

「很快就可以證實了。」冷諺明挑高了眉，掠過鄭欣明身邊，輕聲地說句走了。

兩個男生很快地下樓，王羽凡忙不迭跑到鄭欣明身邊，試圖阻止她。

鄭欣明表情淒苦，但是卻搖了搖頭。

「我想過了，其實很多事情不是誰害的，可能也不是詛咒。」她脆弱地哭了起來，「豬頭是因為太膽小了，還輕忽地唸出自己的名字，而小倩是……是自己鬆了手，所以我們只要很小心很小心……」

「我跟你們去好了！」王羽凡正義感又作祟了。

「不行啦！妳是風紀，不能蹺課喔！」鄭欣明聰明地提起王羽凡很重的責任感，「老師們都在為李如雪的事情忙，星期六的自習要風紀管秩序喔！」

呃，鄭欣明完全說中王羽凡的要害，的確啊……班上要是沒人管，一定會亂七八糟！

「那……那你們小心喔！」她發現自己無能地只能說這句話。

鄭欣明微微一笑，快步走了下去。

王羽凡覺得心上像有塊大石壓著，望著萬里無雲的晴空，為什麼同學會發生這樣的事情呢？

她咬著唇，還是打通電話給阿呆好了。

※　※　※

「怎麼樣？」

班代正在翻閱著期刊，瞥了一眼剛走出去接電話的阿呆。

「羽凡說那個冷仔帶剩下的人去第五傳說了。」他趁著班代喊下句時補充，「放心，羽凡沒跟。」

「呼……」班代大大鬆口氣，誰叫王羽凡是衝動派的代表。「那怎麼辦？」

「什麼怎麼辦？」阿呆從容自若地繼續找尋手邊的資料。

「她不是打電話叫你去幫忙嗎？」

「嗯，我說我在上課，找機會再溜過去，反正她又不知道我們蹺課。」他轉動著滑鼠，阿呆正在找尋過去的報紙資料。

班代點了頭，的確，他們兩個昨晚就以簡訊相約，今天不去學校自習了。

阿呆一直覺得那片竹林很詭異，任何靈異傳說都有歷史，更何況林子裡這麼多被困住的死者，表示以前應該也有很多人闖入才對。

所以他決定到圖書館，找尋過去的報紙或是新聞，依照這幾天的狀況，看來從失蹤案找起，會比從命案容易多了。

「所以，那三個人就放著了？」

「不影響，他們勢必得走完所有的傳說。」阿呆忽然認真地凝視著班代，「班代，要能保一個人，你保誰？」

「當然是羽凡。」這廢話嗎？其他人他根本不認識。

阿呆劃上微笑，不愧是好哥兒們！

他們已經找了一上午了，終於發現了一些蛛絲馬跡，以前的媒體不夠發達，只能從一些小報消息知道線索。

最近十年間，失蹤案也零零星星。

「阿呆，你看這些！」班代指了指他找到的資料，「十二年前，有兩個的失蹤案，接下來是十年前、八年前……」

「嗯……我找到的是三年前的，倒不是連續失蹤案！」阿呆指了指電腦，「是妹妹報的案，他說兩個哥哥興致勃勃的說要去夜遊，然後就沒有回來過……你往下看那張照片。」

班代瞇起眼仔細看著，電腦裡有張翻拍的照片，是一張擁有潦草字跡的紙，上頭寫著……亂葬崗、防空洞——「七大傳說?!」

「八九不離十，這個女生說哥哥們要去要挑戰膽量，失蹤前一晚還買了一大包冥紙走，然後就再也沒回來過了。」

「警方沒去搜尋嗎？」

「看那紙上只寫了七大傳說的後四個地點，一個字也沒提到東北角的竹林，誰會知道？」阿呆捲動著螢幕上的捲軸，「我看他們的交通工具恐怕也自動藏到哪兒去了。」

「所以那兩兄弟進去竹林後，就死了？」班代正努力思考著，「他們並不須要完成試膽，而且那片竹林也沒有再出什麼事？」

「這就是我要查的。」為什麼現在才出事？

今天早上他刻意繞過那竹林附近，可怕的邪氣從竹林上方開始擴散，他可以看見附近的土地已被染成黑色，竹林對面山壁上的植物甚至瞬間枯萎。

那種可怕的壓力，比去年面對邪廟時還要可怕！

最讓他不舒服的是，他只知其一，不知其二，因為他還摸不清對方的底細！聽不到也看不到，他只能看著無數進入竹林身亡的幽魂、只能看見滿坑滿谷的蜈蚣蟲，剩下的就是強烈的怨念。

怨什麼？他也摸不著頭緒。

「問你爸有用嗎？」

「一大早好像就有人上門了，說有什麼被蜈蚣給咬死了。」阿呆出門前聽見的，「我爸他們臉色都很凝重，跑進去商量重要大事了。」

「啊你表姊呢？」

「在台北啊，快期末考了……喂，你忘記去年期末考前我們跑去邪廟被困，她跑來救我們結果被當掉的事！慘的是我耶！」非必要，他絕對不驚動表姊。

班代猛點頭，他記得記得，那個厲害的表姊恨恨地要阿呆負責到底，他這個高中生還得去圖書館查資料，幫表姊寫報告咧！

阿呆未來要繼承家業，自己也不可能老是靠人！

不過光玩水跟玩火，他還能玩出什麼名堂？乾媽說這是他與生俱來的能力，自身應該還有另一層更深的力量，在青春期會迸發出來。

青春期？哼，他才不要什麼更深的力量咧，他、只、想、長、高！

「還有那個跳樓的同學，羽凡說她也不是參加試膽的人之一，為什麼會死在第二傳說裡？這件事還無解！」班代抓抓頭，在冷氣房裡依然滿身是汗。

「一定是犯忌，只是他們沒注意到而已。」沒有犯忌諱，就不會有事。

「真詭異。」班代嘆了口氣，「我要是無敵啊，就拿把鏟子去把那竹林的地都挖起來，看看底下埋了什麼東西！」

阿呆瞠目結舌地望著班代，不由得豎起大拇指。

「你好樣的，很威嘛！」

「我是說我無敵的話啦！」班代賠著尷尬的笑，可惜他不是。

「我也想啊，問題是我可能會先掛在裡面！」想像被蜈蚣爬滿身的感覺，阿呆想到就噁心。

「舊聞好像都差不多耶，找不到什麼新進展。」班代想了想，提出個好建議，「不如去問竹林附近的人家，說不定比較有效。」

阿呆晶亮了雙眸，班代果然是個可靠的好夥伴。

兩個男生立刻起身，把東西歸位，背起書包，離開了圖書館；只是離開前，兩個人不由得在馬路上，回首往樓上瞥了一眼……

「第七傳說是這裡對吧？」阿呆嘆口氣，又是個邪氣沖天的地方。

「好像是最後一個吧！」班代依稀記得。

「希望他們今天就把防空洞的解決掉。」阿呆牽過腳踏車，「拖拖拉拉的遲早出大事。」

「那是他們的責任。」班代不以為然的聳了聳肩，深表贊同。

「噯！瞧你汗流成這樣，我們先去吃冰好不好？」

「YEAH！」班代瞇起眼歡呼，「啊！不可以跟羽凡說喔！」

第七章　防空洞裡的丈夫

傳說之五——防空洞裡的丈夫

二次世界大戰時，世界各地慘遭轟炸，先祖挖了個防空洞，讓大家在戰亂時避難。

有個疑心病很重的丈夫，總是懷疑妻子有外遇，因而常常毒打她。一日轟炸機來襲，當時人在外頭的丈夫第一時間到了與妻子約好的防空洞，卻發現妻子不在那裡！當他氣急敗壞地要衝出去找妻子時，一枚炸彈將那個防空洞夷為平地。

屍體即使清運乾淨後，有人常不分白天夜晚，都會聽見有男人粗嘎地在叫喊女人的名字，間有髒話，總是說著：要是給我遇見，我就要扭斷妳的頸子。

傳說，凡是女性經過那裡，總會聽見那粗鄙的叫罵聲，無論如何，千萬不能回應！

市鎮上防空洞的遺址已經不多了，不過要找到傳說中的防空洞倒是相當容易！因為當初一枚炸彈造成幾十人的死傷，再怎樣都算是一件大事。

聽說躲在防空洞裡的都不是被炸死的，而是被崩落的土石壓死的。

老一輩的人很容易提起戰爭的慘劇，人的生命，有時真的是天注定。多次轟炸中，也只有一個防空洞慘遭不測。

防空洞在一處荒地上，附近其實是熱鬧的省道，畢竟以前讓民眾避難，也不能太偏遠才行；但是隨著時代變遷加上都市開發，可能也佐以七大傳說，讓這個位子成了現今的偏僻地帶。

冷諺明騎著腳踏車在架空的馬路上往下看，下頭是一大片草地，往北延伸一望無際，而且還依著山，傳說中的防空洞就在下面。

他們討論了一下，擔心把腳踏車停在馬路邊等會兒就被看到了，所以商量之後，決定找下去的路。

三個高中生牽著腳踏車，找到了繞到草地的小徑，然後試著把腳踏車停在隱祕的地方，不讓路人輕易發現。

鄭欣明聽著頭頂隆隆作響的車聲，原來這條馬路下頭的空地，埋藏了這麼一段傳說啊……

準備妥當後，冷諺明學起阿呆的架式，交代大家不能喊出全名、不要隨便放手，接著便往前尋找那片遺跡。

其實當年的防空洞業已炸毀，所以他們也搞不懂這兒還能找到什麼東西？

「冷仔……」被安置在中間的鄭欣明緩步走著，幽幽開口。「我有件事想跟你說！」

「啥？」冷諺明自個兒也戰戰兢兢的，不時左顧右盼。

「阿呆不是說了，在夜遊時喊出全名是犯大忌嗎？」

「嗯啊！」

「在竹林那天，你喊了如雪的全名。」

冷諺明倏地停下腳步，全身僵直，握著鄭欣明的力道也跟著加重。

後頭的小余立即回想，那天晚上……啊！李如雪一直尖叫，大仔氣急敗壞地叫她閉嘴時，的的確確喊了她的名字：『李如雪，妳閉嘴！』

「我一直在想，為什麼不是試膽的一員，如雪卻跟第二傳說一樣跳樓？」鄭欣明像是在質詢著自己的同學，「是不是因為你喊了她的名字？」

「狗屎啦！哪有這麼準的！」冷諺明氣忿地甩開鄭欣明的手。

他難以面對現實，難道說，李如雪的死是因為他？那個阿呆每次說話也都暗喻，這一切他要負起責任！

試膽的事是大家同意的，也都簽了保密同意書，誰都不能說，他負什麼責？

可是……李如雪的死因，確實很離奇。

她根本不想試膽，也不是他們的一員，可是卻緊跟在阿才後面，被傳說吞噬……正是因為他失言喊了她的名字嗎？這禁忌如同豬頭犯的一樣，似乎有了名字，對方就能帶她走。

換言之，李如雪是因他而死，而不是王羽凡！

「我不相信！我不接受這種說法！」誰也不願承認自己是間接凶手，「只是個名字，有什麼了不起！」

「那我在這裡喊你的名字看看！」鄭欣明不悅地瞪著他。

「閉嘴！妳敢講試試看！」

電光石火間，冷諺明忽地上前揪住鄭欣明的衣領，右手跟著掄起拳頭作勢要打她！

小余驚見，嚇得趕緊上前阻止。「大仔！你在幹嘛啦！人家是女孩子耶！」

而且，如果阿呆所言不假，那李如雪其實真的是被大哥給婊了！

鄭欣明吃力地扳著冷諺明的手，真沒想到他這麼粗暴，竟然這樣就揪緊她的衣領……好難呼吸喔！

「大仔！」小余索性扣住冷諺明右手，「現在不是吵架的時候，拜託一下啦！」

可是，冷諺明竟極怒地瞪著鄭欣明，然後眼尾瞟向了小余。

瞬間，他的面目轉為猙獰凶狠，被小余扣住的手臂一抽，跟著往小余臉上招呼過去。

使勁的一拳揮下，小余根本措手不及！

「呀！」被甩下的鄭欣明嚇了一跳，他幹嘛連小余都打！顧不得自己還在輕咳，鄭欣明忙起身到小余身邊，他被打破了嘴角，不明所以的看著冷諺明。

「你沒事吧！」鄭欣明嫌惡般斜視著冷諺明，「懦夫！不敢面對自己造成的錯誤！」

「媽的！」冷諺明一俯身，隻手竟把鄭欣明整個人拉扯起來，「你們這對狗男女，竟然敢在我面前卿卿我我！」

啥？狗、狗男女？

被抓緊手腕的鄭欣明完全錯愕，冷仔是在說什麼？

還沒想清楚，就見冷諺明對著地上的小余猛踢猛踹，每一腳都像是要致人於死的出力！

「你到底在幹什麼！」鄭欣明失聲大叫著，不停地用右手跟身體推著冷諺明，不讓他離小余太近！

「妳還有臉護著他？」冷諺明粗暴的一掌摑下，鄭欣明的鼻血立刻涔涔流出。她完全來不及反應，冷諺明竟然再次揪住她的衣領，來來回回的不停在她臉上揮著巴掌，那眼裡已毫無人性！

撫著肚子蜷縮在草地上的小余聽見尖叫聲，他吃力地抬首，卻看見冷諺明毫無節制地不停掌摑鄭欣明，每一掌都使盡了力氣，而且完全沒有停止的樣子。

他明白了！現在這個人已經不是冷諺明了，而是防空洞裡的丈夫！

「住手！你會把她打死的！」小余忍著痛，一骨碌跳起來，及時扯住冷諺明的手，而他手上的鄭欣明已經滿臉是血，臉腫得跟麵龜一樣大。

「我就是要把她打死！竟然敢背著我偷人！」冷諺明出口是道地的台語，而且是他們沒聽過的腔調，「婊子！竟然想跟男人雙宿雙飛，還跟相好一起躲起來了！」

「大仔！她是欣欣啊！我們是同學！」冷諺明力大無窮，小余整個人都勾住他手臂了還是難以控制，「你看她穿的，她穿的是高中制服！高中生啊！」

「閃啦！」冷諺明右手一揮，小余又給打到老遠去。

他摔上草地，滿嘴是鹹腥的血，痛得吐出口血時，裡頭還混著犬齒。

「不要……住手住——」鄭欣明持續淒厲的哭嚎，因為冷諺明把她一把推到地上，就著她的肚子猛踢。

小余望著不遠處的書包，手機……對，他可以打電話求救！

不對！等救兵到了，鄭欣明都已經被活活打死了！

他吃力地在地上爬行，卻突然摸到一塊石頭，將長草撥開，那是一個長方立柱的小石，上面刻著……防空洞罹難者人數，八十六人。

小余腦子霎時空白，他們站著的地方，就在防空洞上方嘛！

幾乎就在下一秒，地表忽地震盪，而已然叫不出聲的鄭欣明跟冷諺明，就在他眼前摔了下去！

※　　※　　※

一高一矮、一胖一瘦的高中男生，禮貌的頻頻點頭，一枝筆還在筆記本上抄寫著。

「就恐怖耶啦！」老婆婆坐在大樹下乘涼，指著竹林的方向，「我們根本不敢靠近那裡！」

「原來是這樣喔！」

「最近就奇怪欸，附近的草攏死了了啊！」另一個老公公眉頭深鎖，「敢共又出來作怪啊？」

「系安捏嗎？」這老公公可能也看得到。

「唉唉，造孽啊造孽啊！」老公公搖著頭，無奈的喝了杯老人茶。「再這樣下去喔，這裡以後也沒處乘涼囉！」

「兜謝喔！」阿呆跟班代跟老人家們道謝，離開了那陰涼的大樹。

他們來到竹林附近，詢問一些人家，看有沒有人知道那片竹林的事情。其實大部分的人都有所感應，至少那片地陰邪到用看的就不舒服，所以鮮少人會靠近。

剩下的就是聽父母說、聽一些傳言，說那兒有厲鬼，進去的人都沒出來過。

阿呆繞到一處大樹下，那兒都是上了年紀的老公公跟老婆婆，他認為年紀大的人本身就是一部歷史，勢必知道一些蛛絲馬跡。

結果他們得到了一片蜘蛛網。

「怎麼老是有那麼慘的事？」班代聽完後，始終悶悶不樂。

「因為是人做的啊！」阿呆倒是習以為常，「連親妹妹都要殺姊姊借胎了，你別跟我說還沒覺悟。」

那是考上高一那年，他們遇上的事情，羽凡去打工當人家的保母，結果才發現女主人早已被借胎咒術所害，只是最後才發現，狠心下毒咒的是一直陪伴在姊姊身邊的親妹妹。

「我快覺悟了，我越來越不喜歡跟人相處了。」班代嘆口氣，這算是認識阿呆的後遺症嗎？

阿呆只是微笑。

老婆婆們果然不失女人的八卦天性，對當年的事情還記得片段，雖然一人記一樣，但拼湊起來也不失為一篇故事。

照慣例，這兒當初有著大宅、有著田產眾多的地方仕紳，家裡娶了六個年輕貌美的妻子，卻還是在酒家跟賭場流連忘返，而太太們獨守空閨也沒閒著，盡情地揮霍花不完的錢。

但是仕紳沉迷於賭場當中，家產持續減少，田地也一塊塊被賭場收去，等到仕紳驚覺時，發現自己只剩下祖屋跟兩甲田地。

而他欠賭場的，有五甲田。

散盡家財，回到家裡連妻子都跟人跑了，值錢的東西能搬就搬，他頓時從富甲一方的大爺，成了家徒四壁的窮人。

可是，船還在海上跑呢！再過一個月就會靠岸，買賣貨物的錢呢？船費呢？他要怎麼給人？

正在他心急如焚之際，有個佣人提供了絕妙的好方法。

在她家鄉，找塊極陰之地，養個金錢蠱，可以在數日之內興旺家族，庇佑錢財滾滾而來。

而金錢蠱的苗，得找個鮮嫩可口的活人。

所以，已經喪心病狂的仕紳為了重獲富貴，他佯裝依然家財萬貫，說先祖還留給他一整山的黃金，並且指示他必須再娶，所以他找了一個十四歲的少女，唇紅齒白、膚如白雪，是難得的美人胚子。

仕紳花了一萬兩銀子買了她，婚禮當夜，她就被灌下迷藥，五花大綁地來到宅後的一片密林。

傭人挖了個坑，先用利刃在新婚少女身上劃了幾刀，讓紅血滲出，再扔進洞裡。轉醒後的少女驚恐不已，尖叫聲響徹雲霄，但是沒有人聽見、聽得見的傭人也不敢吭聲。

傭人自身上拿出一個看似空無一物的小布包，唸唸有詞，布包忽地劇烈扭動，接著她就著洞口將袋口敞開，裡頭鑽出數條蜈蚣，順著洞壁爬了下去。

最後，由老爺親自將銀兩倒入洞穴中，徹底把少女蓋住，再將鏟起的土倒回去。

少女驚恐地瞪大雙眼，她身上被蜈蚣啃食著，又親眼見著丈夫一鏟一鏟地活埋她，一旁的傭人睨著她笑，告訴老爺，她會成為一個最棒的金錢蠱。

花樣年華，死於非命。

即使她沒有被活埋至死，那蜈蚣鑽入五臟六腑的痛楚，就已經讓她生不如死了！

只可惜金錢蠱有沒有發揮作用無人知曉，因為隔夜仕紳辦了一場酒宴，結果一名醉客不小心弄倒油燈，引發大火，富麗堂皇的宅邸瞬間被燒成灰燼，多少人都葬身在火場裡。

很多人都認為，新婚妻子也死在那場火裡。

仕紳撿回一命，卻就此瘋癲，家產敗亡，他的產業由賭場接收，宅邸被重建；但是少女的怨恨未歇，她持續在地底腐化，跟蜈蚣同化，自行發展成邪蠱。

她不知道仕紳已瘋癲失蹤，佣人也已離散，因此只要進入竹林裡的人她就殺，她要以更多鮮血餵養她自己形成的蠱；誰在那棟宅邸裡，她就讓整個宅邸的人不得好死！

所以住進那大宅的人家，沒有人活著出來，不是全家被蜈蚣咬死，就是得了失心瘋，還有人直接失蹤；久而久之，那裡成了一棟鬼屋，沒有人敢居住，再久遠，屋子頹圮了，也不再有人接觸了。

後來發生了毒水事件，附近的水裡全部含有劇毒，有人說是竹林那兒滲出來的水，附近的植物也瞬間乾枯而死；然後，有人請廟裡的高僧相助，聽說那之後，就沒再聽過作祟的傳說。

但是七大傳說卻這樣流傳下來。

「高僧是萬應宮的人吧？」班代直覺這麼想。

「有可能，但是我看那裡被封印不止一次，裡面的東西很厲害。」阿呆搖搖頭，「要是我是那個少女，我也會恨到發狂吧。」

「活人蠱嗎？怎麼什麼狠心的事都做得出來。」班代只有嘆氣，為那花樣年華的少女而悲嘆。

「她應該是被封印後，需要更強的力量離開，才會持續發展成更強大的蠱……」阿呆正沉吟著，「所以八卦的冥紙是個契機！到底是怎麼想出來的……」

「你都不知道了，問我？」班代圓了眼笑著。「不過既然這麼多人都進去試膽啦、夜遊啦，為什麼羽凡同學這次最嚴重？」

「因為沒有神的庇護！」阿呆義正詞嚴地看向班代，「最基本的跟神明請託保護都不願意，管那塊地域的神明不知道他們會進去，也不知道會發生什麼事，根本沒有神明來得及保護他們。」

任誰都該知道，夜遊前後要跟神明報備，請求最基本的守護啊！

到底冷諺明他們是天真、無知，還是太自以為是呢？班代無奈，不管哪一種，都已經是不歸路了。

手機鈴響，又是王羽凡。

『你們還沒過去嗎？』她急得跟熱鍋上的螞蟻一樣，『小余打電話給我，說出事了！出事了啦！』

「好，我忙得差不多了。」阿呆掛掉手機，「好像差不多該走了。」

「又出事啦？」

「出事是必然的。」阿呆淡然處之，「我們也做不了什麼。」

兩個男生若有所指的互看一眼，是啊，他們什麼也做不了。

唯一能做的，只有盡力保下王羽凡。

※　※　※

呼呼……救、救命啊！

鄭欣明踉踉蹌蹌地在不知名的地方奔跑著，她的眼睛已經有一隻看不見了，整張臉好痛好熱，肚子也陣陣抽痛，可是她還是沒命的跑。

這裡是哪裡？她拿著手機的冷光照著，為什麼好像是洞穴？又像是迷宮？她拚命地往前跑，繞過一個又一個的彎，這洞穴究竟有多廣呢？

她只記得上一秒被冷諺明踹到吐了出來，下一秒一陣一陣地鳴，她就直直地摔了下來！地上彷彿開了一個洞，她應該是跟冷仔一起掉下來的！

腳扭傷了，但是她不顧一切的邁開腳步就狂奔，因為她無法抵擋冷仔，而他無法抗拒附在他身上的男人！

不跑的話，她會被活活打死的！

「嗚……咳咳！」鄭欣明痛得停了下來，拚命地咳嗽，最後從口中吐出一大攤鮮血。

望著自己通紅的手，她有個要不得的想法……她該不會……內出血了吧？

為什麼？為什麼要讓自己的同學動手？她其實早有覺悟，他們可能誰都不會活下來，因為那天阿呆說了，試一次膽，死一個人！

他用的是肯定句啊，難道大家都沒有發現嗎？

她想過了，七個傳說七條人命，她並不想逃避！雖然說不怕死是騙人的，但是如果這是他們必須背負的責任，那逃也逃不了。

她只求，可以好死……不要死得那麼痛苦！不要讓同學殺掉自己！

冷諺明已經背上了害死李如雪的罪了，不能再添一條！

沙……沙……身後的腳步聲逼近，讓鄭欣明一驚，她又吃力地站起，趕緊摸著土壁往前跑，一直到走到了盡頭，她才慌亂的四處尋找新出口……可是，這裡是死巷了！

猛然回身，人影已矗立在眼前。

藉著手機冷光，她可以瞧見冷諺明現在的模樣。

他眼神陰鷙、臉孔扭曲，橫眉豎目下的雙眼藏著無盡的忿恨，那殘忍的臉龐並不是她認識的冷仔。

「找到妳了，婊子！」他咬著牙說話，嘴部歪斜，從齒縫透出來的氣味都是腐臭味。

看他高舉右手，手心裡緊握著一個有稜有角的石子。

鄭欣明後無退路，她就站在一個狹窄的甬道盡頭，淚水不停地從腫脹的雙眼滾出，全身不由自主的顫抖，右手按下手機的錄影鍵，低低地望著鏡頭。

「不是……不是你的錯。」她哽咽的、顫著聲音說著。

他惡狠狠地瞪著她，絲毫沒有任何的憐憫之意，他在這裡守了那麼久，就是為了有朝一日，可以手刃這個偷人的女人！

石子擊上鄭欣明的額頭，她倒了下去。

劇痛自腦門散開，她慌亂地以手撫著額角，感覺到熱血自傷口漫出，澆淋了她整張臉龐。

「賤女人！」冷諺明歇斯底里地怒吼著，那臉孔已經不屬於人類。

她趁機把手機塞進他的褲袋裡，這個舉動只是讓她再被狠狠地踹一腳。

「不……真的不是你的錯！」她哭喊著，用僅存的生命！

冷諺明蹲下身子，左手掐緊了鄭欣明的頸子，開始無止盡的歡愉攻擊。

他發狠地將石子拚命地往脆弱的腦殼上砸，力道一次比一次猛、一次比一次來得深入，鮮血濺滿了土牆，他手裡的女人，已經看不清樣貌了。

就像被砸爛的椰子，紅色的汁液及紅色的果肉，漫流一地。

他揚起喜不自勝的笑容，這輩子心情從來沒這麼爽快過……呵呵……呵呵……哈哈哈哈！

發狂般的長笑聲自洞裡傳來，趴在洞口的小余嚇得心驚膽戰，那洞好深吶，深不見底的，他根本不敢下去！

拿手電筒往裡頭照，偏偏看不見大哥跟鄭欣明，怎麼喊都喊不出來！

「小余！」

終於終於，他聽見救星的聲音了！

小余猛然抬首，瞧見扔下腳踏車就跳車的王羽凡，直直往他衝了過來。

「風紀——」他哭得一把鼻涕一把眼淚，「大仔他……他被上身了！」

「被上什麼身？」王羽凡往地上那個大窟窿看，「為什麼這裡會有這麼大一個洞？」

「裂開的啊！大哥跟欣欣站在這上頭，突然間就裂出個洞，他們摔下去了！」小余急得語無倫次，「大哥被傳說中的丈夫附身了，他把欣欣當成那個老婆，拚命地打她啊！」

「你說慢一點……慢一點！」王羽凡焦急地先往洞口探，「哇靠，好深喔！」

「這裡就是那個防空洞啊！」小余指著下頭，「我們根本就踩在上面，大哥一下子就被附身了，還把我當作……當作小白臉打！」

王羽凡察看著他的傷勢，小余傷得很不輕吶！她不禁東張西望。最終她還是蹺掉後兩堂課了，結果那個說要立刻過來的阿呆跟班代呢？怎麼完全不見人影？

才想著，身後傳來煞車聲，兩輛腳踏車一前一後的到了。

小余當下甩掉王羽凡，又衝上去講了一遍剛剛的情況！果然高人就是不一樣，他明明用一樣的描述，可是阿呆擰著眉卻點了頭，表示他聽得懂！

「真可怕的執念，那個男人的老婆明明又沒有紅杏出牆！」班代走了過來，「她只是還沒到而已！」

「嗄？你怎麼知道？」

「我跟阿呆去查了七大傳說的實情跟由來。」班代臉色凝重的環顧四周，「他們人呢？」

「在洞裡啊！」王羽凡連忙拉著班代往草地去。

結果，那兒只有一片綠油油的草地。

「大哥！」連小余都錯愕地衝了過來，猛然一跪地，就開始發狂的拍著草皮，「洞呢？洞怎麼不見了？為什麼合起來了！大哥跟欣欣都還在裡面啊！」

「真的！我剛剛也有看見，真的有個大窟窿！」王羽凡幫小余保證，什麼時候闔上的？

他們兩個緊張地望著阿呆，但是阿呆卻越過他們，看著更遠的方向。

連班代都禁不住的啊了聲，往他們身後看去。

這讓王羽凡跟小余不得不一起回首，在草地的另一端，走來渾身是血卻看似安然無恙的冷諺明，只有他一個人。

他雙眼茫然地朝著他們走近，右手裡依然緊握著石子，白色的襯衫已經染著鮮紅色，他全身上下全是四散的腦漿。

再怎麼盼，他們也盼不到還有誰會出現了。

「大仔……」小余哭了出來，大哥身上的血……難道是鄭欣明的？

冷諺明瞧著他，忽地眼神一陣清明，先是眨了眨，再皺起眉，然後錯愕地顫了一下身子。

「欸？風紀？」他再看向阿呆，「你們兩個什麼時候也來了？」

「大仔！」小余哭得更大聲了！

「你是在哭三小朋友啦！奇怪，為什麼你們在這裡？」他往一邊看去，「啊欣欣咧？」

沒有人說話，大家只是看著他全身上下，尤其是他的臉，全是腦漿。

「你們是都啞狗了喔！」冷諺明覺得莫名其妙，舉起右手，卻赫然發現自己染滿血的右腕，以及掌心裡緊握著的石子。

石頭上面黏著頭皮、頭髮跟腦部細胞，肉眼清晰可見！

「哇靠！這什麼！」他嚇得把石頭扔掉，緊接著發現滿身是血的自己，「哇啊啊——我怎麼了！我怎麼了！」

小余已經跪在地上痛哭失聲了，那個惡鬼好過分啊！竟然上了大哥的身，讓他親手打死了鄭欣明！雖然不同掛，可是鄭欣明是個很好的女生啊，為什麼會死得這麼悽慘！

眼見無人回答他的問題，冷諺明驚惶失措地看著大家，為什麼鄭欣明不見了？她人

呢？他身上幾乎沒大傷，那這些血、這石子上的頭皮跟頭髮又是哪裡來的？

望著自己的右手，他覺得右手有點疼，像是剛打過架一樣。

「你被那個惡鬼上身了。」阿呆解答他的疑惑，「你認為小余跟她是奸夫淫婦，所以海扁了兩個人。」

冷諺明吃驚地望向痛哭流涕的小余，他的臉果然是腫的。

「那欣欣呢？」冷諺明望著自己染滿鮮血的雙手，開始意識到了不該發生的事，「不！不可能！這是不可能的事！」

他雙手掩面，卻發現臉上一片濕潤，呆望著掌心，便能瞧見滿臉沾上手的腦漿！

冷諺明發出淒厲的吼叫聲。

任何人遇上這種事，都會情緒崩潰的。

冷諺明在草地上狂叫嘶吼著，他無法接受這樣的事實，他竟然親手殺死自己的同學？每個人都怕在下一個試膽地點遇上荒僻的怪事，但是鄭欣明絕對不會想到，她會被同學活活打死！

為什麼要上他的身！為什麼是他！

沒有人阻止發狂的諺明，班代說讓他盡情發洩會比較好，阿呆則順著他走出來的方向，卻找尋凶案起點，但是血跡的末端是一道山壁，他想那個防空洞已經徹底坍塌了，鄭欣明應該就在裡面長眠了吧？

雙手合十，阿呆誠敬地對著山壁裡默禱。

『只剩下兩個傳說了。』

山壁裡，幽幽地傳來女孩的聲音。

「是的。」阿呆手掌抵著山壁，微微一笑。「辛苦了。」

『可是……剩下三個人。』

這就不關妳的事了。阿呆再次行了禮，保證一定會奉上牲禮，不會讓她白白犧牲。

回到草地上，大家把冷諺明移到隱祕處去，他渾身是血的樣子太引人注意，所以小余回鎮上去幫他找衣服穿，其他人就地陪伴他，直到他的情緒恢復正常。

這是痛苦的折磨，明明不可能瞬間平復的心情，卻被局勢逼得必須強打起精神。

小余回來時，冷諺明已經冷靜下來了，他換上小余的制服時，有隻手機從口袋裡掉了出來，王羽凡一眼就認出那是鄭欣明的手機，趕忙搶過來瞧。

「為什麼會在你身上？」她不解。

「不知道……」冷諺明已經失去了傲氣。

王羽凡按了一下，立刻出現上一個畫面，竟然是錄影檔？她嚇了一跳，暗暗把手機拿到一邊去播放，果然錄到了在地底的模樣。

短短數秒，王羽凡看得是泣不成聲。

她走回來，把手機拿給了冷諺明……他現在已經能夠接受任何事情了，開玩笑，他親手把同學打死了，還有什麼不能承受？

按下播放鈕，手機應該是放在鄭欣明的手上，她往上對著自己，鏡頭還可以拍到冷諺明，伸手正扣住她肩頭的凶狠樣。

『不是……不是你的錯。』鄭欣明眼神忽然下移，對著鏡頭哭泣著，『真的不是你的錯！』

然後鏡頭裡的他一個石頭擊下，手機也頓時失去了角度。

「好溫柔的人。」班代幽幽說著，「即使到了那個絕境，還是想告訴冷仔，那是冤鬼的錯，不是他的問題。」

冷諺明聽不進去，他重複播放著，看著裡頭的自己是如何的殘忍，拿著那麼大顆的石子，就往鄭欣明頭上砸下去。

他卻什麼都不記得……連手機是什麼時候塞進他口袋的，他也沒有印象。

『冷仔！』錄影的畫面突然變了，『還有兩個傳說！一定要把試膽完成！』

咦？冷諺明趕緊再按一次播放鍵，播出的卻依然是，『不是你的錯。』

他剛剛真的聽見了，連鄭欣明都要他把試膽完成！

「走！」他跳了起來，「剩下兩個，我們速戰速決！」

「也不必那麼急，第六傳說的時間點還沒到。」阿呆嘆了口氣，你需要先休息，平心靜氣才能面對下一個難關。

「我平什麼心靜啥鬼氣啊！我現在什麼都不在乎了！什麼都豁出去了！」

「你要再親手殺掉小余嗎？」阿呆冷冷地盯著他，「情緒不穩或是靈魂脆弱的人，是非常容易被上身的！你想再玩一次？」

冷諺明噤了聲，再殺一個同學……不不！就算鄭欣明說了不是他的錯，問題是……明明就是他敲碎她腦袋的，不是嗎？

「我們先找個地方坐下來吧，吃吃東西也好。」王羽凡上前，盡可能溫柔地對冷諺明說話，「阿呆說得對，你需要靜一靜。」

大家紛紛點頭，表示同意，並且決定前往冷諺明的家，因為那是目前唯一沒有家長在的地方。

望著再度多出來的腳踏車，鄭欣明藏得非常隱祕，除非走下來，否則沒有人會注意到那兒有一台車子。

每一次，總會遺留下一台腳踏車。

車隊只剩下五個人，他們還是賣力的騎著，往下一個傳說前進。

第八章　斑馬線上的皮球

傳說之六——斑馬線上的皮球

有個渴望玩耍的男孩，總是羨慕地看著其他孩子在街上拍著皮球玩，他的心願父母全看在眼裡，因此在他生日時，送了顆皮球給他當生日禮物。

孩子開心地帶皮球去玩，卻被年紀較大的孩子搶去，他們把球踢到馬路上去，孩子急急忙忙地去撿，完全沒有注意到正衝過來的車子！孩子就這樣被捲進大車底下，最後卡在車輪中間。

壓扁的頭顱瞪大雙眼，盯著在馬路上的那顆球，他始終沒有撿到球。

傳說，那路口現在設了紅綠燈、有了警告標誌，但半夜還是有司機們會看見斑馬線上有顆球……而如果有人走過那邊，就會有小孩拉著你，請你幫他撿那顆球……

千萬，不能撿球！

冷諺明的家在熱鬧的市區裡，住的是社區大樓，不但樓層高、公設也多，家中坪數更是大而舒適。

很難想像這樣的家裡，竟然總是空無一人。

他爸爸的工作是收保護費跟砸場子，媽媽開地下賭場，從小到大，冷諺明幾乎都只有一個人，但是他對父母並無怨言，還打算子承父業。

「這種事也能子承父業喔？」王羽凡壓低了聲音問阿呆，當流氓耶！

「為什麼不行？行行出狀元啊！」阿呆倒是不以為然，「每行都有每行的精髓。」

「說的也是！竟然住這麼好的房子！」王羽凡窩在柔軟的牛皮沙發上看電視，還有家庭劇院耶！

回到冷諺明家裡，他就把自己悶在房間裡，小余上了藥後也找了一間房間休息，他們睡不睡得著沒人知道，反正就把王羽凡他們三個扔在客廳裡。

王羽凡趁機跟阿呆他們說了今天被打的事情，兩個男生雙雙不滿，憑什麼因為喪女的情緒問題，就能出手打人？那只是拿個藉口擺在前方，當作恣意妄為的通行證！

以前曾發生過類似的新聞，有個大學女生意圖從橋上攀爬跨越到看似很近的人行步道，殊不知目測與實際距離尚有差距，因此失足摔進了河裡；當時正在檢查拋錨摩托車的男同學抬首就失去了同學的蹤影，頓時爆出失蹤案。

家屬一開始是追打摩托車拋錨的男同學，認為是他謀殺了自己的女兒，謊稱失蹤；後來在河裡撈到了女學生的屍體，頭部受創，判定是意圖強行攀爬，卻根本跨不過去，跌落前撞到了石牆或是欄杆所致。

一切以意外結案，但是家屬卻無法寬心。

他們找到死者生前的日記，說那天的出遊她並不想去，但因為是她主辦，所以她必須去！因此家屬當著記者的面追打去追悼的同學，指著他們嘶吼，說是他們逼女兒出遊、才導致女兒死亡，同學們全是殺人凶手。

其行徑囂張、態度惡劣，將那些同等脆弱傷心的學生又打又踹，卻絲毫沒有悔意，彷佛傷害那些學生是天公地道。

因為痛失愛女，所以家屬就能夠做這樣的事嗎？可以指著別人喊凶手、可以追打無辜的人，記者還問那些哭泣的學生說：你會諒解家屬嗎？

對阿呆而言，這些事他永遠都不能諒解。

如果傷心可以當作一種傷害無辜人士的藉口，那麼——生不出孩子的妹妹理所當然可以對姊姊施行借胎術，因為妹妹很難受，為此所苦；找不到工作的父母可以毆打小孩出氣，因為父母很頹喪，所以孩子必須諒解。

這些全是藉口，拿著傷心難受當擋箭牌，難道就可以任意妄為了嗎？李如雪的父親，根本沒有權利傷害王羽凡！

「我最受不了人類的地方，就是他們都是被情緒奴役的動物！」阿呆悶著聲音，為王羽凡抱不平，「七大傳說裡，多少個都是這樣的例子？」

活人蠱、一時想不開就輕忽生命的跳樓學生、看不慣媳婦偷懶的惡公公、懷疑妻子外遇就濫殺的丈夫，每一個都只為了私人情緒，就胡作非為！

究竟為什麼要幫助這種人？就像冷諺明他們這一票人，要夜遊也不做好準備，拖著大家一起去犯忌，現在又來鬼哭神號、怨天尤人，甚至還認為他有幫助他們的義務？

若不是因為他該死地拖了王羽凡下水，他斷不可能幫助這種人！

「我開始覺得上輩子欠妳的！」阿呆瞪著王羽凡，凝重的說出心底的想法。「每一次不是被妳拉著跑，就是被迫……得幫妳！」

「噯喲，別這樣嘛！」王羽凡趕緊裝可愛，「不過，阿呆，這次為什麼誰都幫不了呢？」

阿呆別過眼神，不想正面回答她。

「我覺得很可怕，大家都得死才能解決問題嗎？」

「妳歷經過多少事了？這種事需要問嗎？」阿呆沒好氣地戳了戳她，「他們犯了天大的禁忌，就得自己承擔。」

她知道啊！可是以往……阿呆都會出手幫忙，至少能救一個是一個。

可是這一次，她卻只能看著同學一個接著一個的死亡！她說不上來哪裡有問題，但就是覺得阿呆跟班代有所隱瞞。

她卻不知道從何問起，問太多，他們也不會理睬她。

當夜幕低垂時，冷家依然空空蕩蕩，很難想像冷諺明總是一個人的生活；小余起來後神色悲涼地打電話回家，說了一些類似交代遺言的話，經過這幾天的事，他已經身陷絕望當中。

阿呆跟班代還有心情念書，王羽凡找不到任何話語來安慰小余，因為整起事件她算是局外人，多說一句都惹人心煩。

轉著遙控器，發現地方新聞出現了詭異的現象。

有一整圈的牛發狂，衝出了牛圈，四處逃逸奔跑，農場主人當場被踩死，而許多牛隻還衝到馬路上，不是被撞死，就是害得路過的車子翻覆。

多起魚塭的魚全數翻白肚，魚塭裡散發惡臭，業者完全不知道起因為何。

「阿呆！」王羽凡趕緊喚著在餐桌邊念書的阿呆。

「聽見了。」電視開那麼大聲，誰聽不見？「情況好像越來越嚴重了。」

「是啊，才有雞被蜈蚣咬死，現在又發生這麼多事……」連班代都語重心長，「情況看起來只有惡化的份。」

小余凝重地看著新聞，又聽見他們的討論，不由得一陣憂心忡忡。

「這些事情……跟我們的事有關係嗎？」

阿呆回首瞥了他一眼，點了點頭，「百分之百，竹林附近就是魚塭，養雞場也靠近那兒，去調查的話，包準牛圈也是在附近。」

邪氣在蔓延，迅速而無止息的蔓延著。

「那接下來會怎麼樣？」小余緊張地絞著雙手。

「水源會被污染、牲畜跟植物會死亡，還有很多你想都不敢想的事情，全部會活生生的出現。」

小小的試膽，開啟的卻是傷害這麼多人的契機。

人的瘋狂、蠱的報復，如果不趕快阻止的話，只會讓台南陷入血腥當中！

砰的巨響，冷諺明的房門大開，他直瞪著新聞瞧了一分鐘，然後緊抿著唇，比誰都嚴肅地往他們這兒瞧著。

「走！」

「走？」小余膽戰心驚地問。

「還有兩個傳說，我們一口氣解決掉！」冷諺明厲聲低吼著，回身拿了家裡鑰匙，就直接往外走去。

王羽凡匆匆忙忙收了書包，阿呆跟班代倒是從容地收拾桌上的東西，然後趁著大家沒注意，班代拿出地圖，在下一個地點上標了記號。

「斑馬線離我們很近。」

「是該越來越近了。」阿呆也變得很嚴肅，終於背著書包離開冷家。

剛過子夜，但南部的子夜已經罕有人跡，大家都是早睡早起的健康人！馬路寬廣得很，五台腳踏車毫無阻礙地蜿蜒著。

路過難得還開著的炸雞攤時，冷諺明突然停了下來，說想吃飽再走。

這當然沒有人反對，大家晚上都隨便吃了零食果腹，現在聞到這炸雞香，豈能不食指大動？

一人一大包炸雞跟甜不辣，冷諺明突然很海派的全數請客，大家就坐在人行道邊大快朵頤！

阿呆趁機跟大家說了一個故事，關於一個十四歲的少女，如何被買婚後，活生生養成金錢蠱，又如何自行化為復仇之蠱的悽慘故事。聽見竹林與荒廢的宅邸，大家都知道跟竹林有關。

然後阿呆又說了第二個故事，這故事是說六個高中生，不顧一切地想玩試膽大會，可是卻忽略了基本的禁忌，去之前既沒有跟神明告知以求庇護，離開時更沒有焚燒金紙以求保佑。

沒有神明守護的人們，終於讓成蠱的怨靈有機可乘。

冷諺明在黑夜中瞪大了雙眼，叉子戳著塊炸雞，不發一語；小余嗚咽地哭了起來，他似乎也做好隨時會離開人世的心理準備。

「冥紙八卦陣是什麼意思？」冷諺明低低地拋出一個問題，硬逼自己嚥下甜不辣。

「不知道，我沒看過那個圖。」阿呆拿出筆記本，「你願意畫給我看嗎？」

冷諺明遲疑了數秒，瞥了阿呆一眼，最終還是接過紙筆，拙劣的描繪他所尋得的資料：銀紙必須一疊一疊綑好，然後按這圖形擺放，最後再抽一張焚燒……

依照所有的情況看來，阿呆認為那個冥紙八卦陣有鬼，八卦應當鎮邪，但是在這個例子中，卻彷彿是開啟了某種邪惡的契機，讓那少女的怨氣得以衝發！

七大傳說的冤魂幽靈們全數動了起來，處處邪氣沖天，氣候異變、生態死亡，這種種都是異象的原因！

難怪第一傳說描述，會出現你一輩子也忘不掉的可怕異狀！

對間接害死李如雪且親手殺死鄭欣明的冷諺明來說，保證一輩子也忘不掉。

而萬一台南縣市的人民因此而死，這群試膽的高中生就算全數活著，也勢必一輩子後悔當日所作所為！

冷諺明將圖畫好後，拿給阿呆看，他皺著眉瞧了又瞧，實在是沒看過這麼奇怪的擺放方式……

「我無法解答……可能得查一下跟蟲有關的書籍。」是讓蟲甦醒的儀式嗎？他不懂。

「阿呆……」小余突然面有難色地叫了他，「我……也會死嗎？」

這個問題問得真好！阿呆瞧著他，微蹙起眉，像是不知道要怎麼回答……或是該不該回答。

「小心為上，或許能大難不死。」班代卻接口了，「其他同學都是一時大意，要不然或許會有救。」

「可是欣欣她——」話才出口，小余就後悔了。

因為今天下午在草皮上時，大家都很小心，也沒有人犯規，但是——誰也沒想到，是冷諺明置人於死！

「如果欣欣那時跑開就好了……或是我們應該等阿呆一起行動。」冷諺明自個兒接了口，淒楚一笑，「不！不要試膽，就不會有這些事了。」

阿呆不能同意他更多了。

啪——啪——啪——

忽然間，在人行道上，傳來了有節奏的拍球聲。

所有人莫不挺直腰桿，肅然起敬似的僵住身子，聽著那拍球聲越來越近……越來越近。

然後是一群大學生拿著籃球，從他們身邊掠過。

「哇咧……嚇死我了！」王羽凡大大地鬆了一口氣。

「呼！」小余忍不住頹下雙肩。

鹽酥雞的攤子生意很好，其實在南部地方，如果願意生意做晚一點，是可以多賺一些錢的！像剛剛的大學生就全聚到攤子那兒去了，附近的人家也都出來買宵夜。

雖然炸物不好，但是這鹽酥雞實在誘人。

一個媽媽帶著小朋友也走了出來，正努力擠進人潮裡挑炸雞，那小孩子手中抱了一顆球，在一旁練習拍呀拍的。

「為什麼出來要帶球？」王羽凡咕噥著，她現在看到皮球會很緊張。

「小孩子啊！以前我爸送我第一台車、第一顆球時，我還抱著睡覺咧！」冷諺明搖搖頭，一副妳們女生不懂啦的臉。

「對對！我也是，我抱著我第一台嘟嘟車睡了好久！」

「我是模型玩具！」小余也跟著想起小時候。

「……」

第四個男生，卻詭異的不發一語。

阿呆不耐煩地扯扯嘴角，他哪有什麼車子啊、球啦、模型玩具的，他第一個正式盛大的禮物是——

「佛珠？」眾人異口同聲，眼睛瞪得比銅鈴大。

他歪了嘴，對啦！就是這樣他才不想講，因為誰家送小孩佛珠的啊！而且他比他們都慘，至少他們是滿心歡喜地抱著玩具睡覺，他是被逼著戴一串又長又重的珠子打坐，完全不能拿下來長達七七四十九天耶！

這對一個一歲半的小孩來說，根本是折磨！

果然夠怪！這是冷諺明對阿呆的終極評價。

「吃完了！啊——好飽喔！」王羽凡塞進最後一口愛吃的九層塔，滿足地高舉紙袋。

「我拿去丟好了。」小余連忙收集大家吃完的袋子，收納成一整袋，然後四處張望垃圾桶。

「給攤子就好了！」冷諺明的習慣，小販一定會幫你收的。

「對面有垃圾桶啦！我去丟就好了……」對面剛好有家全家便利商店呢！「要不要喝點什麼？我順便買一下！」

餘音未落，班代飛快舉手！「巧克力奶茶！」

「純喫茶無糖綠。」阿呆偷偷推了推班代，羽凡在還喊那麼大聲。

「啤酒……」王羽凡斜眼一瞪，冷諺明扁了嘴，「梅子綠。」

「我要每日C！」果汁會讓女生變漂亮喔！

小余笑了起來，抓著垃圾袋，便穿越無車的馬路，到對面的全家便利商店去；他一進去就先把大家的飲料抓進籃子裡，接著在冰櫃前思考自己要喝什麼。

打開冰櫃，在幾瓶紅茶中猶豫。最後，他抽起一罐綠茶，後頭的瓶子滑動著往前遞補──電光石火間，後方卻出現一張臉！

這讓小余嚇了一跳，連連踉蹌撞上身後的零食架，剛剛那像是張人臉，閃著紅色的雙眸，從後頭瞪著他！

店員走了過來，狐疑地探視。

「你們……你們後面在補貨嗎？」他指著冰櫃問。

「沒有啊？」兩個大夜生，全部都跑過來瞧他。

沒有？可是剛剛真的很像有人在盯著他啊！

小余不敢多想，他趕緊甩上冰櫃，匆忙地跑到櫃台結帳，不要多想，這裡是燈火通明的便利商店，離傳說的斑馬線還有一個路口，沒事的……沒事的。

因應環保，小余沒買袋子，他雙手捧著飲料離開全家。只是才踏出來，腳邊就好像站了個人。

「大哥哥……」是孩子的聲音。

小余直視著前方，他看得見大仔他們，也看得見風紀，所以沒事的。

「小余幹嘛？怎麼站著不動啊？」王羽凡托著腮，好想喝果汁喔！

「不知道，傻什麼？」冷諺明朝著小余揮手，但是他卻毫無動靜。

阿呆忽地瞇起眼，狀況不太對勁！

「大哥哥，我球掉了，你可以幫我撿嗎？」衣角被扯了動，男孩仰著小臉瞧著他。

小余戰戰兢兢地嚥了口口水，低首看向了小男孩，他露出一個天真的笑靨，指向斜前方的斑馬線。

有顆球，就躺在那斑馬線的中央。

小余全身開始不住的發抖，雙腳幾乎連站都站不穩了。

「為什麼……我們不是故意要去觸犯禁忌的！」他對著小男孩哀求起來，「試膽只是好玩，我們沒做什麼大惡的事……」

「幫我撿球好不好？」男孩滿臉微笑，撒嬌般的自說自話。

「我求求你放過我們，我們真的沒有害人的意思……」他連淚珠都滾了出來。

小男孩繼續搖著他，「幫我撿球嘛！大哥哥！幫我撿球——」

「自己撿！你可以自己撿啊！」他恐懼地大吼起來，為什麼要逼他！

「我自己不敢撿啊！」小男孩下一秒就哭嚎起來，「我去撿的話，會很痛很痛——」

他哭得好大聲，然後像有無形的東西前後擠壓他的身體一樣，孩子的身體瞬間壓成薄片似的擴張面積，而鮮血從身體裡迸射出來！

然後男孩的四肢與身體成了一攤爛泥似的散在各處，剩下的那顆頭也墜落在地。

砰磅一聲，他的頭憑空被壓凹了一大塊，眼淚和著血流出被擠出眼眶的眼珠子。

「就像這樣，好痛喔……」

「不——不是我害的！」小余緊閉起雙眼，他絕對不會去幫他撿球的，絕對不會！

馬路對面的人一聽見小余驀地大吼，全數驚覺不對勁，阿呆立刻身先士卒，穿過馬路到小余身邊去。

便利商店的工讀生狐疑地望著門外行徑怪異的小余，正在猶豫要不要報警咧！幾個路過的路人也莫名其妙，當小余是瘋子似的避之唯恐不及。

唯有阿呆，準確的踩上走廊。

「起來！」他踢了踢斷裂的小手掌。

男孩眨了眨眼，瞬間站起，又是個完好如初的孩子。

「大哥哥幫我撿球！」他又恢復天真的模樣，衝著阿呆。

「小余，我們走。」阿呆連正眼都不瞧孩子一眼，喚了小余便轉身離去。

「幫我撿球！」小孩子聲音急了，「你們怎麼可以不撿球！」沒人理他，小余亦步亦趨地跟著阿呆離開。

「你明知道他們做了什麼事！一堆人快被他們害死了，幹嘛幫他們！」小男孩氣急敗壞地嚷叫起來。

小余知道，男孩是在對阿呆喊話……他也聽見了，一堆人會被「他們」害死！他們指的，是他跟大仔嗎？

後頭沒了聲音，小余回首，走廊上已經看不見剛剛那小男孩的身影，再往左斜前方看去，斑馬線上也沒有什麼球了。

「我幫你拿。」阿呆主動接過兩瓶飲料，三步併作兩步地穿越馬路，跨過中隔島。

小余也跟著跨過去。

此時此刻，在鹽酥雞攤的小孩子，看著母親拿到了鹽酥雞，一時分心，手裡的球卻滾離了！

那球一路往小余面前滾來，滾到了馬路中央。

「媽——」小男孩立刻以哭聲代表出事了，指著停在路中央的球。

小余笑了笑，趕緊上前撿起那顆球，沒事的！這兒不是斑馬線、也不是紅綠燈，更別說那小男孩剛剛就在那兒，是個人呢。

他拾起球，對著小男孩搖了搖手。

站在人行道邊的小男孩，停止了淚水，露出開心的笑容！

而走近他的母親，直接穿過了「他」。

這瞬間，小余的笑僵在嘴角，而那原本有著開心笑靨的小男孩，卻露出了獰笑。

鮮熱的液體忽地從掌心滴落，小余怔然地看向自己以五指箝握住的「球」……那是顆血淋淋的人頭，那張臉，他好像似曾相識。

叭——叭叭——低沉卻刺耳的喇叭聲響起，緊接著是兩道刺眼的強光，襯在後頭的，好像是大仔跟風紀的尖叫聲。

「小余——」

飲料飛拋出天際，小余的身體被捲進了砂石車的輪子底下，在車子完全煞住前，他的身體早已成了一片薄餅。

血與內臟拖了整路都是，輪子底下滾出了一個東西。

咚……咚……咚……那東西滾到了斑馬線上，終於停止了滾動。

小余的頭。

他漸暗的雙眼最後見到的是……遙遠的記憶，很久很久以前，斑馬線不是在這兒的，好像剛好……是在他穿越馬路那兒。

尖叫聲一時此起彼落，王羽凡完全呆愣，所有人都親眼目睹小余的死亡，完全不了解他的停下、他彎身的動作，甚至不懂他拾起了什麼。

阿呆只差千鈞一髮，及時快步走了過來，慢一秒，慘死輪下的人就是他。

鹽酥雞攤子的客人嚇得驚魂未定，大家紛紛用手機報警，冷諺明卻在此時迅速地站起，到一旁牽過腳踏車。

「冷仔？」班代叫了他。

「快點，剩下最後一個傳說。」他忍住恐懼，瞪著小余遺留下來的腳踏車瞧。「再不走，等一下警方來了，我們又要被盤問了！」

阿呆跟班代凝重地點頭，兩個人嘆了口氣，也站起身來。

「算……算了！」王羽凡突然跑到冷諺明面前，阻止他的去向，「不要去！真的是去一個死一個，何必送死呢？」

「試膽一定要完成，就剩下最後一個了！」冷諺明低吼著，雙眼布滿血絲，「再危險，我也一定要去！」

「可是……你明知道會死的！」她受夠了，她不想再看見同學在她面前死去！

「那可不一定。」冷諺明忽然盯住王羽凡的雙眼，「妳怎麼能確定，死的是我……而不是妳呢？」

咦？王羽凡困惑遲疑地望著冷諺明，跟她有什麼牽連？

「那晚妳帶著李如雪到竹林來時——」他回首，睨了阿呆一眼，「我第一句喊的是妳的名字。」

第九章　圖書館裡的書靈

傳說之七——圖書館裡的書靈

布滿知識的藏書寶庫，裡面不乏年代久遠的書，甚至是經過許多歷程的書；有許多書來路未清，裡頭藏了許多的祕密與冤魂。

傳說，在市立圖書館的二樓最裡面，有一排塞滿書靈的藏書，他們最恨破壞書的人、不珍惜書的人，因為他們當初……可是為書而亡啊。

那天晚上，正在堆疊冥紙的大家，懷抱著一顆既期待又怕受傷害的心情，六個人聚在一塊兒，準備展開試膽大會的第一項任務；而漆黑的竹林裡，卻突然傳來令人驚訝的聲音。

「我說——你們這麼晚了窩在這裡幹什麼！」

女生的尖叫聲立刻竄起，連他都嚇了一大跳，驚駭地看著聲音的來源，果然是班上的風紀加粗魯女王，還拎著一臉勝利的笑容。

「王羽凡？」他那時衝口第一句話，是喃喃自語的音量。

如果依照阿呆的理論，不管音量的大小，他就是說了王羽凡的名字，也就是犯了所謂的大忌！既然李如雪是因此而身亡的，那就代表王羽凡有的是機會。

當冷諺明知道自己害死了李如雪時，才突然領悟到這一點，如果喊出名字就可以把對方捲入的話，那為什麼王羽凡從頭到尾都相安無事？

怎麼想，他都只能想到阿呆跟班代胖子在護著她。

「我……也應該要把試膽完成？」王羽凡不可思議地看著阿呆，她從到頭尾都不知道！

阿呆卻看著冷諺明，果然如此，他的預防措施一點都沒錯。

「夜遊大忌是喊出全名，讓好兄弟有機可乘，那天李如雪尖叫時，我不是一時緊張叫她閉嘴嗎？那時我就喊了她的名字。」冷諺明說出他的推論與發現，「所以李如雪明明沒參加試膽，卻死在第二傳說。」

「那我……」王羽凡望著他，這代表她也……「也被詛咒了？」

「沒錯！但是妳憑什麼沒事？」冷諺明斜眼睨向阿呆，「這兩個男生從頭到尾都護著妳，他們早就知道了！」

王羽凡立刻轉向阿呆跟班代，那眼神像是強烈急切地問著：是嗎是嗎？

「妳全身上下都被陰氣纏繞，超級多。」班代說出他眼裡所見，「而且是巨型蜈蚣的身影，包著妳的身體。」

「妳是那種就算沒參加試膽都會被跟的體質，我是不意外，但是妳被捲進了麻煩事，我一看就知道。」阿呆倒是不隱瞞，「因此我做好全部的防範措施。」

「所以他們兩個一直都守著妳，不讓妳涉險！」冷諺明不爽地吼出來，「要不然妳可能早就已經死在某一個傳說裡了，哪能站在這裡！」

實情衝擊著王羽凡，她幾乎一時無法接受！

她根本就該是跟大家一起奮戰的人，可是卻成為旁觀者，甚至數次眼睜睜地看著同學送死！

「為什麼？」她惱怒地對著阿呆，「為什麼要這樣做？如果你可以護著我，那也應該可以護著其他同學！」

「很難。」阿呆冷靜地看著他們兩個，「我光顧著妳就沒空了，其他人我該做的警告都有，剩下的是個人造化。」

而且，他不想重複說明，他沒有義務。

憑什麼自己惹出的禍事，就冀求別人去解決或化解？一點兒責任感都沒有。

「但是每到一個傳說試膽，就死一個人，我們本來有——」王羽凡激動地喊著，卻突然意識到人數問題！

王羽凡迅速計算著，試膽的六個同學，加上她跟李如雪，總共有八個人。如果每個傳說都會有人身亡，那麼——只會有一個人活下來？

這就是阿呆想方設法要保護她的原因嗎？

「八個人。」冷諺明接了她的話，「七個傳說如果會死掉七個人，那就只有一個人會活下來。」

「這已經不是重點了！你們碰觸的是相當陰毒的怨靈，她只想要殺盡所有的人。所以她不分敵我的讓植物枯死、動物發狂，接著會摧毀環境生態，然後就是水源。」阿呆清楚地說出可怕的後果，「現在的情況還是在她沒有完全脫離竹林封印的前提下，一旦讓她自由了……你們幾條人命算什麼？」

「今天連魚塭都遭殃了，說不定明天地下水就全是蠱毒或屍毒，我們這裡多少人是用地下水，明天可能就有幾條人命。」班代接著開口，「就因為一個試膽，你們解放了那個女孩，然後她的作祟會造成七十人、七千人、七萬人甚至七十萬人的死亡！」

更棘手的是，那種極怨的蠱，還不是輕易就能解決的！

要是可以的話，當初就不會選擇把她關在竹林裡而非殲滅了！

冷諺明明白事情的嚴重性，他們一時興起的試膽活動，竟然會造成這麼可怕的下場……光看新聞就已經很嚴重了，這種情況一旦蔓延下去，豈不是更難以收拾？

所以，他才急著想把試膽完成。

「為什麼偏偏是我們？歷年來試膽的人那麼多，為什麼偏偏是我們解放她？」冷諺明不甘心，他們真的只是好玩而已！

「我說過了，因為你們沒有神明的庇護。」阿呆比出了兩根手指，「第二，你喊了同學的全名，蠱的一部分已經跟著李如雪離開了。」

被千重枷鎖與封印關住的怨蠱，再怎麼努力也離不開那片竹林，她絕對沒有想到，有朝一日，真的會因為一群不知好歹的高中生，得以離開。

「咦?!」王羽凡也嚇到了，那個女孩的怨靈纏著如雪離開竹林了？那她呢？她不是也被喊了嗎？「那我身上——」

「妳以為我們家的護身符給妳戴好看的嗎？」阿呆扁了扁嘴，王羽凡身上有五個護身符加上天珠佛珠，連書包裡都有辟邪玉，那怨靈想附身太辛苦了，當然附到容易的那位好嗎？

「啊！所以我雖然一樣被詛咒，可是我沒有被……」王羽凡又是一驚，「難道如雪回來後變得怪怪的，是因為被上了身？」

「八九不離十，而且只寫妳的名字是因為那天在竹林裡，冷仔只喊了妳們兩個的名字。」阿呆頓了一頓，「不過也是有可能，李如雪知道自己的狀況，真的把過錯推到妳身上。」

他不想美化人性，也不想讓羽凡太過相信同學。

事實的真相打擊著兩個倖存的高中生，尤其當冷諺明知道試膽鑄下意想不到的大錯、又喊出同學的名字導致她們捲入、接著又親手殺了鄭欣明，這錯誤幾乎是接連不斷的——而且都是他親手造成的！

「所以，現在我們必須去……最後一個傳說。」王羽凡皺眉回想了一下，「圖書館裡的書靈？」

「妳本來就該去！」冷諺明不爽地瞪著她，「妳這個從頭到尾都置身事外的人！」

「我哪有！我根本不知道我有被捲進去！」王羽凡立即反駁，「我在不知情的狀況下還幫你們耶！」

「不管怎樣，妳就是作弊！眼睜睜地看著每一個同學去死！」冷諺明無法接受地吼著，「連在奈何橋上時，妳都沒過橋！對！就妳沒過橋！」

「我本來有要過，但是阿呆他——」王羽凡指向阿呆，卻突然梗住了。

因為阿呆他拉住了她。他說，不關她的事……

「因為橋上已經有七個人了。」阿呆倒是不否認，「七個傳說，只需要七個人去完成，何必多餘？」

「他媽的！你根本是存心讓我們送死！」冷諺明背一拱，直直朝阿呆衝了過去。

一拳狠狠的揮打下去，阿呆不閃不躲，他願意接受這一擊。

雖然他覺得冷諺明根本還沒搞清楚，他們造成的事究竟有多嚴重！嚴重到他認為以死謝罪都不為過！

「住手！」王羽凡衝過來，一把就拉開冷諺明，「別怪他！阿呆做什麼事……都有理由的！」

「是嗎？什麼理由？保護妳？」冷諺明甩開王羽凡的手，「讓大家代替妳去送死？」

「才不是，他是——」

「就是。我們就是為了保護羽凡。」沉沉的聲音，來自一直穩重的班代。

王羽凡詫異地看著班代，他怎麼真的說出這種話？

「沒有人需要代替羽凡去送死，因為她根本是不該承受這些事情的人，李如雪也是！你為什麼不先檢討自己，你憑什麼把無辜的人捲進去？」班代走上前，從容地扶起阿呆，「試膽的你們自尋死路就算了，但羽凡跟李如雪都是無辜的，她們卻都因你而受害，你竟然還不知愧疚嗎？」

冷諺明緊握著雙拳，他怎麼不知道？自己的雙手已經染滿血腥。

但是，他今天一整個下午也思考過，不管如何，事實已經造成，無力可回天，如果王羽凡也是詛咒的一環，死亡的機會變成五五波！

「我的確愧疚，我或許做了錯事，但我也有權利活下來。」冷諺明指向王羽凡，「妳如果也覺得愧疚，不如就自己去圖書館吧。」

「不用你說我也會去的！」王羽凡毫不畏懼，「如果完成試膽是必要條件，我絕不逃避！」

「好啊！慢走！」冷諺明哼了聲，回身竟想離開。

但是，有人不讓他走。

他的腳踏車上，坐著扁平而糜爛的小余，扭曲變形的頭擱在膝上，對著他搖了搖頭。

冷諺明倒抽了一口氣，真的看到那種死狀，他還是忍不住作嘔……但是，當腳踏車邊竄出越來越多的鬼影時，他便僵直了身子。

阿才、豬頭、廖雅倩及鄭欣明，全部都出現在他身邊，伸長了手指向圖書館的方向。

『試膽一定要完成……』他們幽幽地吐出這句話。

「這是封印的步驟嗎？」王羽凡走到阿呆身邊，有點哽咽。

「嗯，解放怨靈的試膽一旦開始，你們就一定得走完它。」阿呆望著泫然欲泣的王羽凡，心情也很沉重。

「那我……我會死嗎？」她難得拎著一雙柔弱的眼睛，可憐兮兮地望向阿呆。

「我不能保證。」他搖了搖頭，「其實或許並不需要犧牲人命也能封印，或許只是要

你們把試膽全數完成，但是妳的同學們總是出意外。」

班代來到她身邊，搭上她的肩頭，不說一句話就能給予她安定的力量。

「那我們快走吧。」王羽凡用力一點頭，她從不是逃避的人。

阿呆終於握住她的手，試圖讓她放鬆與安心。

但那是不可能的事。

知道阿呆跟班代在守著她，其實比知道自己是被詛咒的一環更讓她難過！

因為她命一向很硬，說不定不會死也不會受傷，可是阿呆他卻徹底阻止她涉入每一個試膽的場合，看著同學們陸陸續續慘死。

如冷諺明所說，她真的好像眼睜睜看著同學們去送死！

王羽凡毫不猶豫地跨上腳踏車，回頭看了還在那兒跟幽鬼們對望的冷諺明一眼，「走了！」

冷諺明憤怒地皺起眉頭，走就走！到了這關頭，咬著牙關也得過！

「滾下來！小余！」他號令著，「我要去圖書館了！」

小余聞言，立刻離開腳踏車，讓冷諺明得以趕緊追上王羽凡他們三個！反正試膽先完成再說吧！說不定真的會如同阿呆所說的，僥倖可以逃過一劫，只要他格外的留意！

只剩下他跟王羽凡了，說不定他們兩個都能倖存。

「你們兩個，要保佑我啊！」他喃喃說著，對著身邊等速進行的小余跟豬頭說著。

鬼影們朝他笑了笑，漸漸消失在空氣中。

圖書館離這裡很近，沒多久就到了，四個高中生把腳踏車藏起來，然後找地方翻牆而入。現在都過十二點了，圖書館早就休息，哪還有什麼人。

翻過了牆是小事，問題是進圖書館的自動門鎖起來了，他們根本進不去。

「明天再來嗎？」王羽凡低聲問著，抬頭看著牆外有沒有地方好爬。

餘音未落，眼前那扇自動門竟然開了。

門喀啦地往兩旁撤開，四個站在階級上的高中生錯愕，緊接著聽見叮的聲響，可以瞧見裡頭大廳的一個電梯門應聲開啟，在黑暗中透出一道方形的燈光。

「我……非常討厭這種感覺。」王羽凡咬著唇唸道，「我討厭被好兄弟說歡迎光臨！」

嘴上這麼說，她卻一大步就跨了進去。

他們魚貫地迅速進入，果然一走進去自動門就體貼地關上，站在電梯門口，沒有人想進去。

王羽凡指了指裡面，非得進入無法控制的場合嗎？

「二樓，用走的吧？」班代忽然開口，指了指電梯鏡子，「二樓的燈是亮著的。」

大家一瞧，果不其然，樓層按鈕有了，就知道是幾樓了。

四個人趕緊往樓梯間跑去，結果才跑一層，就發現為什麼電梯依然在那裡等他們了……因為樓梯間，還有鐵柵鎖死，根本上不去。

回身下一樓時，電梯的燈光還在，阿呆緊握住王羽凡的手，跨步走了進去。

沒有人喜歡在這種場合坐電梯，這比躺在砧板上等死更令人難捱。

王羽凡不由得望向鏡子裡的自己，啊啊啊，她看見了，班代所說的大蜈蚣！

有一隻好大好大的蜈蚣，就繞在她身上，數不清的腳巴著她，利牙就在她的頭頂上方，兩根長鬚因為頂到電梯天花板而往下彎曲。

一邊的冷諺明身上也有，兩隻蜈蚣擠在電梯裡，感覺反而有點滑稽！

「噗……」她失聲笑了起來，「阿呆，你有看見嗎？牠平衡感超好！」

「……」阿呆很疑惑，「誰？」

「我跟冷仔身上的蜈蚣啊！」她笑著說，電梯叮的又開啟了。

冷諺明一凜，他身上也有？他渾身不舒服地抖抖身子，不過蜈蚣依然攀附在他身上，不為所動。

阿呆瞪了王羽凡一眼，有隻蜈蚣蟲在身上，是人都應該要怕一下比較討喜。

「哇，那裡嗎？」王羽凡指向二樓深處，那一團烏七抹黑的地方，「內閱區，那裡的書不能外借耶！都是珍藏的資源。」

「是啊，從各地蒐集來的，有很多人捨命保下一本書……」阿呆環視了一眼，「到現在依然在保護這本書。」

班代按下電燈開關，他們可沒興趣在偌大的圖書館裡用手電筒照明，多此一舉。

而當一排排日光燈亮起時，冷諺明跟王羽凡也清楚地看見，在內閱區那兒，有著非常邪惡的氣息，讓他們全身寒毛都豎直，冷汗也浸濕了衣裳。

王羽凡深吸了一口氣就往前邁進，逼得她不得不往前走，她覺得大家必須挨近些，群聚在一起才不會出事……每一次意外，都源自於落單。

走在圖書館裡的一排排的書架中間，王羽凡覺得每走一步，眼尾餘光似乎都會瞥到左右兩排書架，有影子在書間飛掠，她不想去細看，深怕一轉頭端詳，就會看到可怕的東西貼在書後瞪著她。

終於來到內閱區的門口，光門口卡著的東西，就足以讓人退避三舍。

一個身上全是槍孔的男人，自裡頭的天花板倒吊而下，正悠然自得地看著手中的書；蛆蟲與體液不時的從他身上的孔洞落下，像在門口下起一場小小的蛆蟲雨。

他抽空瞥了他們一眼，目光又很專心地回到手裡的書本。

身後有強大的壓力襲來，在空蕩蕩的圖書館裡發出沙沙的巨響，一開始他們還在專心往內閱室觀察，但是身後的沙沙音真的太大了！

最先忍不住回頭的是冷諺明，他皺著眉偷偷回頭瞥了一眼，後頭的景象卻讓他就此僵硬了身子。

「你……你們……看……」他連聲音都抖個不停。

王羽凡原本正想跟倒吊在門口的人禮貌的說借過，也被叫喚分了心，回眸一瞥，當場刷白了臉色！

從天花板到地板，竟然布滿了數以萬計的蜈蚣，正朝著他們爬過來！

「糟糕！果然來阻止了！」阿呆回身一驚，緊握住手上帶著的礦泉水，但這瓶水不能用在這裡！

「什麼阻止？那個蜈蚣蠱嗎？」班代反應也快，拚命地向後退。

「嗯。」阿呆看了他一眼，兩個人迅速交換眼神，誰都沒有說出口。

而一旁的王羽凡尖叫般的跳了起來，「媽呀！殺蟲劑呢！這裡有沒有殺蟲劑？」

「那種東西沒有用吧？」班代全身都竄起雞皮疙瘩了！

「超噁爛的！」王羽凡受不了了，她立刻仰頭看向專心看書的男人，「對不起，我們得儘快解決這件事情，讓我們進去好嗎？」

看書的人終於把視線移開，看著她，依然不發一語。

眼看著蜈蚣越來越近，幾乎都到頭頂上了！然後有一隻，落上了冷諺明的肩頭。

「按！按！」他立刻把蜈蚣撥掉，然後全身跟起乩一樣跳來跳去。

難道說，最後一個傳說，是要被蜈蚣活活咬死嗎？

他在電視裡看過，連螞蟻都可以在幾秒內啃光一隻大象，更別說這麼多蜈蚣了！

他才不要咧！為什麼他得死在這裡？沒有惡意的試膽，為什麼得落到這種下場？他暗暗地瞥了也在踩蜈蚣的王羽凡一眼，既然她也是被捲入的人之一，為什麼卻安然無事至今？

冷諺明暗暗握緊雙拳，他不想死，每個人都有求生意志，他根本不想為這種小事身亡……但是如果必須要死一個人的話，也不該注定是他吧？

「先對不起了！」他沒頭沒腦的說出這一句，王羽凡來不及回首，冷諺明就已經衝進了內閱室裡，以迅雷不及掩耳之姿，關上了門！

百分之五十，一扇門之隔，是他？還是王羽凡？

「喂！」王羽凡氣急敗壞地敲著門，「開門啊！你怎麼這樣！」

她仰首，倒吊的男人已然消失了，冷諺明一個人躲進了內閱室裡，然後把他們三個人關在門外餵蜈蚣嗎？

「水啊！還是火什麼的！」王羽凡焦急地對著阿呆大吼，「什麼都好，快點阻止這些蟲啦！」

阿呆正看向門內，忽然泛起一抹笑，然後彎身在地板一彈指，立即出現一道火牆，燒燬了在火牆上的蜈蚣，也阻止了地面蜈蚣的前進……不過天花板上的，還是有點麻煩。

但是，時間也差不多了。

「這些蜈蚣來幹嘛的？」王羽凡拚命用腳踩著落下的蜈蚣，氣急敗壞地喊著。

「來阻止你們完成試膽的。」

「咦？」她有點錯愕。

「試膽完成，封印也就結束了。」

什麼？王羽凡皺起眉頭，她怎麼覺得……哪裡怪怪的？

內閱室裡傳來砰砰的聲響，有許多蜈蚣剛鑽進了門縫底下，冷諺明正拿著厚厚的書，不停地把那噁心的毒物打爛。

「可惡！可惡！噁心！」冷諺明快狠準地將另一本書往牆腳丟，正中一隻爬行的蜈蚣，「休想過來！誰也別想碰我！」

快點結束這一切！冷諺明凶狠地擊爛鑽入的蜈蚣們，他全身都在警戒狀態，他打從心底希望門外的戰爭快點結束，讓他的生活恢復寧靜。

咚！天外飛來另一本書，正中冷諺明的後腦勺。

他立刻倒地，眼冒金星的頭暈眼花。

「幹什麼……」撫著發疼的後腦勺，他半躺在地上的轉過身去。

牆角，站了一個佝僂的老者。

老者駝著背，整顆頭垂到膝蓋，駝背的背部隆起如丘，扭曲高聳的逼近天花板，嶙峋的手一隻抓著書架，另一隻吃力地抓著書本。

『你怎麼這麼不愛惜書啊？』老者望著拿來打蜈蚣的一地書本，『拿它們打蟲子啊？』

冷諺明瞠目結舌，那是……那難道是圖書館裡的書靈？

『你知不知道，這裡多少書裡浸著人血哪？』他環顧了四周，『多少人為書而亡、又有多少人是死在這些書上的？』

「不……不關我的事！」為什麼書靈會在這裡面？王羽凡她明明人在外面啊！

緩緩地，許多影子一一浮現，有人纏繞著書架，有人身上黏著許多書本，也有人的頭本身就是一本敞開的書，一雙眼珠子在書的頁面滴溜溜地轉動著。

『沒規沒矩、又沒禮貌，不但把顏老折斷在門上，進來還拿我們寶貝的書打蟲子。』老者拿著書本，細細地撫摸著，臉上露出心疼之情。

折斷誰？冷諺明慌亂地往門口看，可不是嘛，剛剛倒吊的男人，這會兒只剩下腰部以下在裡頭，腰部以上看樣子是被門夾在門外了！

問題是，剛剛他進來時沒瞧見吶！

『看你這樣子，懂得些什麼？』頭本身是書本的人開口了，『簡單地告訴我們，中國的歷代朝代吧？』

什麼跟什麼？考試嗎？他長大要當流氓的，念書有屁用！不會念書的人也可以賺大錢的，他不念書又沒上課，還不是能靠走後門進這些學校！

中國的朝代，甘他屁事！

冷諺明隨手抓過書架上的書，就往那幢幢書鬼們扔去。

「外頭還有一個！你們別衝著我來！」冷諺明緊急地大吼著，「別忘了還有兩個人，外頭有個女生，她叫作王——」

一本書毫不留情地塞進冷諺明的嘴裡，堅硬的書脊硬生生地撐裂他的嘴，兩頰嘴邊瞬間迸開兩條血痕。

那看來行動遲緩的駝背老人，竟不知何時來到他跟前。

『唉！這時候再找替死鬼也來不及了！你別忘了你是始作俑者啊！』老者搖了搖頭，『時候也差不多了……恭喜你完成最後一個試膽！』

「唔唔唔——」好痛！冷諺明感覺到臉頰的肉持續裂開似的，那本書卡在他嘴裡，措手不及！

強烈的殺氣湧至，冷謬明知道他再繼續待下來，勢必會死在這裡的——他忍著痛一扭身，飛快地衝到門口，打開了內閱室的門。

一陣風的對流自背後流通，王羽凡立即回頭，她知道門開了！

外頭阿呆成功地阻止蜈蚣的前進，只是牠們跟暴走一樣，由數萬隻小蜈蚣，目前正努力阻合成一隻巨大蜈蚣。

外頭的三個人望見嘴裡塞了一本書，滿臉是血的冷謬明時，全都怔住了。

「冷仔？」王羽凡訝異地望著他的臉，他的嘴巴是快咧到耳下的噁心啊！

「唔……」冷謬明急急忙忙要衝出來，卻在電光石火間，天花板上那倒吊的男人刷地像反彈似的往後一盪，直接把他給撞了進去。

「冷仔！」王羽凡緊張地想追進去，卻一把被班代拉住。「班代？你幹嘛——哇呀！裡面是什麼！」

她清楚地看見一堆書靈在裡頭，逼向冷謬明，於是更加焦急地想甩開班代的手，衝進去救人。

「七個傳說，七條命。」阿呆也站到了門口，「書靈選擇了冷謬明，他就是第七條命。」

「什麼？」王羽凡詫異地望著阿呆，他在說什麼東西？「你不是說不一定會死的嗎？為什麼會……」

「這是封印的必經之路，要讓竄出的怨蠱重新回到竹林，要用七條人命製造血祭。」

王羽凡跟裡頭的冷諺明雙雙詫異，不管心裡再多猜測，也不及真正的答案出現時讓人震驚！

冷諺明已經把書抽了出來，他瘋狂地推開書靈們，筆直地衝出來，阿呆卻在此時此刻，一個箭步擋在門口，將手裡的礦泉水瓶倒在門緣。

不需要倒吊的男人阻止，冷諺明在最後一刻就撞上了一堵透明的牆。

他驚惶失措地敲著，不明所以地摸著眼前透明的阻礙物，明明看得見王羽凡跟阿呆他們，為什麼有東西擋住了？

「為什麼是我？為什麼！」他狂吼著，血跟著齊噴，「你早就知道一定有七個人會死對不對？」

「這是唯一的方法。」阿呆站在門口，班代架住王羽凡，不讓她妄動，「用七條人命重新封印，總比賠上七萬、七十萬人的人命值得！」

「不！不要——」冷諺明忿忿不平地搥打著結界，「你故意的！你確定會有七個人死，就保下王羽凡！」

「七個傳說，必須付出七條命，而你們有八個人。」阿呆冷冷地望著一牆之隔的冷諺明，「這是你們應該付出的代價，本來就該由你們自己承擔，羽凡是無辜的！」

「騙子！你刻意阻撓，你沒有讓事情順其自然的發展……死的不一定是我、不應該是我！」冷諺明恨恨瞪著瞪著阿呆，「你——以為這樣做不會有報應嗎？」

「我為什麼會有報應？已經湊滿七個人了，再多也沒有用。」阿呆指了指他的後方，「你多愛惜書一點，說不定死的就真的不是你了。」

冷諺明惶恐地回頭，那些書靈已經完全貼在他身後了。

「阿呆？」王羽凡完全怔然，她只能任班代架著，卻無法解決眼下的任何事情。

倒吊的男人再度跟盪鞦韆般，把冷諺明撞了進去。

這一次，它關上了門，

火牆外的大蜈蚣開始尖叫，牠身長數尺，頭根本頂在天花板那兒，瞬間撞破了一塊甘蔗板，往天花板裡鑽了進去。

牠企圖鑽進空調管裡，進到內閱室中，阻止冷諺明的死亡，阻止第七條命。

內閱室裡傳來淒厲的慘叫聲，還有巨大的聲響，像是書架倒塌的聲音，然後是一堆書本掉落的聲響，藉著上頭的透明氣窗，他們可以看見巨蜈蚣的頭，順利地突破天花板，鑽進了內閱室裡。

不過只有區區數秒，那巨型蜈蚣發出一陣慘叫，然後扭動而解體，數以萬隻的蜈蚣散落，在落上地前，化為煙塵，消失得無影無蹤。

阿呆回身，收起地上的火牆，再也看不見任何一隻蜈蚣。

「走吧！」他鬆了一口氣，突然覺得很疲憊。

連班代也鬆開了手，頹然地坐上地板，第七個試膽，總算是圓滿完成了！而王羽凡卻雙腿一軟，不可思議地望著她最信任的兩個摯友，他們做了什麼！

「你們……把冷諺明關在裡面！」她哭喊出聲，「他明明有機會出來的！」

「他是第七條命，書靈們對他很不滿了。」阿呆並不奢望獲得羽凡的諒解，「要封印蜈蚣蠱一定要七條命，不是他死，就是妳。」

「可是總會有別條路的，我們從來都沒有想過別的方式，就——」

「沒有別的方法！王羽凡！」阿呆倏地怒吼，「他們就是必須死！誰叫他們要犯禁忌、誰叫他們要放出會危害大家的怨靈！七條人命換七十萬、七百萬，很值得了！」

「怎麼可能會值得？每一條命都是珍貴的啊！命怎麼能拿來換呢！」

「是嗎？那妳意思是，寧可讓妳那七個同學活著，然後放任鎮上、村裡、整個縣市的人死在蠱毒當中嗎？」阿呆冷冷地睨著她，「這樣妳就覺得比較值得？」

王羽凡仰著首，淚眼汪汪地走向阿呆。

她知道，她一直都知道阿呆的個性。

凡事必有因果、自作孽不可活，犯忌的人從來就不值得同情……冷諺明他們六個放出了怨靈，當需要封印的血祭時，他們是當然的祭品。

「七大傳說……原本就是要致人於死的傳說嗎？」她泣不成聲，豆大的淚珠往地板落。

「嗯，這是被完整設計過的！竹林的傳說我還不知道是怎麼來的，但是為了以防萬一，設計了後面六個傳說，用來重新封印怨蟲。」阿呆看了一眼班代，「班代，麻煩你了。」

班代拿出口袋裡的一張地圖，地圖已經被折得破破爛爛，但是攤在地上，王羽凡還是可以看到清晰可見的紅色筆觸。

七個傳說，位在七個地方，班代在圖書館的位子畫了一個紅色的X，然後把每一個傳說的地點，用紅筆連了起來。

七個紅色的點，加上一個藍色的圓圈，剛好連成一個八卦圖。

而藍色的圈圈，正是萬應宮。

第十章　逝者

異象在這個夜裡全數結束。

沖天的陰氣、死亡的植物都在漸漸復甦中，至於受到牽連的動物與千隻翻肚的魚兒，很遺憾的，牠們都是犧牲者。

竹林裡的少女怨蠱持續的尖聲嘶吼，她最終未能全然復甦，未能吞噬掉所有的人，還是不能向世界報仇——明明好不容易，遇上了沒有神明庇佑的人啊！

某所高中連續出事，有四名學生失蹤、兩名學生死亡，失蹤的人到現在都搜尋不著，只找到腳踏車，家屬們已經有了最壞的心理準備，整個市鎮瀰漫著悲傷與傳說的氣氛。

而那天晚上，阿呆他們重新打開內閱室，只瞧見一地的書本，冷諺明就這樣消失，但是在阿呆眼裡，他看得見被書吃掉的冷仔，幽幽地蜷縮在書本裡。

他們頹然的走出圖書館，一出來就看見萬應宮的人，王羽凡跟班代一起被請回萬應宮，進行徹底的淨身驅邪儀式。

阿婆們細心地煮了好吃的甜湯，給他們三個人喝。

萬應宮早就知道這件事情的始末，阿婆也在看到王羽凡時，就瞧見了她身上的蜈蚣靈，那時阿婆才會把阿呆叫走，暗示他一定要把七個傳說完成——不管用什麼方法、什麼手段，七個傳說一定要有七條命！

當阿呆發現人陸續死亡時，他就盤算過了，試膽的六個人，加上無辜捲入的李如雪，他認為只要好好阻撓王羽凡的義氣跟衝動，就能更完整的完成封印，而不會傷害到她。

「妳不要怪阿呆，他壓力也很大。」未過不惑之年，依然英挺迷人的阿呆爸爸，語重心長地對著王羽凡說，「在明知會出人命的情況下，還要送人去死，他並沒有比較快活。」

王羽凡的淚不停地掉，掉在甜湯裡。

「可以的話，我也想親自辦這件事，但是阿呆藉由妳更能掌握那些觸犯禁忌的人，所以我就讓他去了。」男人面色凝重，「我知道我們都很殘忍，但是為了更多人的生命，這是必須要做的事情。」

他們既然解放出惡靈，也就該擔點責任吧？

「為什麼……一定要血祭？犧牲人命來封印惡靈，這也是正道嗎？」王羽凡知道自己在說氣話，但是她就是不能接受！

「是，只要為了更多人的福祉，就算犧牲一百個人都值得。」阿呆的父親說了與阿呆相同的話，「那個邪蠱已經不是我們能夠輕易應付的，我們的先人甚至無法殲滅她，以惡制惡，唯有八卦鮮血陣，才可以徹底封住那個蠢蠢欲動的怨蠱！」

用的不只是血，還有心！

那些在七大傳說裡的每個鬼靈們，都負著重大的責任，他們守著自己的地盤，他們封印著竹林裡的怨蠱，是結合七個人的責任與力量，才可以完整的關住怨氣強大的少女。

「妳要了解，為什麼每一個死去的同學，都還堅持要剩下的人完成試膽。難道逝者不知道，同學繼續試膽下去，難逃一死嗎？」

王羽凡詫異地抬首，是啊，從李如雪開始，就拚命地要大家完成試膽！在奈何橋上，鄭欣明跟廖雅倩想走時，也被阿才他們阻止！

「因為他們都知道自己鑄下了什麼大錯，知道不趕緊把封印重新建立起來，那蠱會作亂！一旦她真的完全脫身，就連我跟萬應宮所有人加起來，都不一定是她的對手。」

王羽凡抽抽噎噎的，開始抹去淚水，「大家都死在傳說那裡，會……會怎麼樣？」

「他們貴為鬼靈，雖然是鬼，但不是低等的鬼魂或是無主魂，是守護封印的一分子！妳放心，萬應宮對他們的祭祀，從來不敢馬虎。」男人微微一笑。

「不能昇天嗎？」她眨著淚眼。

「要等到下一個跟妳同學一樣，沒有神明庇護，解放怨靈的人們出現……然後下一批七名亡者頂替之後，他們就能昇天。」阿呆的父親坐了下來，喝了一口溫水，「妳放心，他們每個人都能有極大的福報，因為他們守護了很多很多生命。」

王羽凡啞然，她一點都不覺得這是好方法，或是什麼好福報。

「沒有一個人是幸福的。」她衝口而出，「沒有時限的他們得在那兒守到天荒地老，就算出現下一批犯忌者，那也代表得再犧牲七條人命、或是怨靈會再次作亂！這件事情，從頭到尾都沒有人是幸福的！」

阿呆的爸爸凝視著她，該說是天真、還是該說是心中太過純正呢？

「妳覺得，世界上有哪一條路，是可以讓所有人都獲得幸福的嗎？」

王羽凡望著他，難過地哭了出聲。

阿呆跟班代站在廊上，靜靜地聽著一切，阿呆的神情相當疲憊，誠如爸爸所說，一一送人去死，他的心裡並沒有比較輕鬆。

但是班代說過，為了羽凡，再苦都值得。

班代是個很可靠的傢伙，他在亂葬崗時，就從地圖發現了端倪！傳說的位子、竹林的地點，加上萬應宮的坐落所在，是個正八卦圖。

而且是足以封住怨蠱的正向八卦。

至於竹林那八卦冥紙，據阿婆所說，那是用來喚醒少女的方式，冥紙擺放的方向是逆勢，而且夜遊燒銀紙只會造成鬼魂的騷動，在在都是引起怨蠱復甦的方法之一。

這個傳說會流傳下來，聽說是少女的父母一手打造的！

他們知道自己的女兒死於非命，知道大火裡並沒有女兒的屍身，女兒夜夜託夢哀嚎，而瘋癲之後的仕紳也親口對女孩的父母說，他把少女殺了、打算活生生養成金錢蠱。

心生怨恨的父母便希望有更多的人命與血，滋養他們的孩子。

爾後，竹林的傳說遂起，從燒八卦冥紙陣給金錢蠱，必會一夜致富，直到失蹤與死亡的人數越來越多，傳說成了怪談。接著有高人出面封印，發現必須以血鎮壓，所以發展出其後六個傳說。

加上萬應宮，才能阻成一個堅不可摧的八卦陣。

很多的傳說，都有來源，就跟禁忌一樣……夜遊的禁忌大家都認為說到爛、所有人該耳熟能詳，但終究還是有人不以為意。

失去了神明的庇護，讓怨靈成功的有機可乘。

最終賠上自己的一條命以守護更多人，親自封印自己解放的怨蠱，至少阿呆跟班代都認為，天經地義。

班代拍拍阿呆肩頭，要他早點休息，今夜開始，終於可以安心入眠了。

「至少羽凡是活著的。」

臨別前，班代這麼說，那神態理所當然。

「是啊，她活著。」阿呆泛出一抹苦笑，明明不是為了保護她而犧牲其他人，但為什麼他就是覺得難受？

王羽凡走了出來，她無法直視阿呆及班代的雙眼，心裡頭依然有疙瘩，一時無法釋懷。她對於他們兩個明知道她也該盡義務卻絕口不提、對於明知道她該涉險卻極力阻止、對於或許能幫冷諺明卻用對付惡鬼的封印將他困住，製造一個死局給他等等的事，完全無法諒解。

她跨上腳踏車，連再見也不跟他們說，只是回頭望了阿呆的父親一眼。

「如果是我，」她咬了唇，「一定會找出一條大家都可以幸福的路。」

眼尾瞟了阿呆一眼，她眼底藏著悲傷與氣憤，然後頭也不回地離去。

父親的大掌擱在阿呆肩上，像是一種安慰。

「辛苦了。」他淡然地說著，「給羽凡一點時間，她會明白你的苦心跟努力的。」

「我不在乎。」阿呆微微一笑，「她活著就好。」

班代回以相同的笑容，他們賠上危險的目的，只有一個，就是為了保下王羽凡。

班代跨上腳踏車，也在天空泛出魚肚白時，踏上了歸途。

「爸，我會有報應嗎？」

阿呆冷不防的，問了轉身入廟的父親。

父親回眸，以凝重的神態望向他。

「我見死不救、我明知必會犧牲人命卻帶著他們去，我刻意讓應該也要付出代價的羽凡避開危險。」他頓了一頓，「我還把水的結界拿來對付冷諺明，刻意封住他的活路。」

冷諺明最後的怒吼刻在他心底，他說，他會有報應的。

「如果是這樣，那我們都會有報應。」父親笑了起來，「我毫不畏懼。」

阿呆也禁不住泛出笑容，是啊，如果真的有，那又有什麼好怕的呢？

他們救了數以萬計的生命，他只求大目的。

阿呆回首望著朝陽初昇，只是不知道為什麼，明明事情已然落幕，他心頭依然壓著一塊巨石。

似乎有什麼事正在發生……

※　※　※

王羽凡跟著同學，一起到李如雪跟小余家去上香。

小余的父母哭得泣不成聲，好好的兒子突然出了車禍，還死得那麼悽慘，對此完全無法接受；同學們在老師的帶領之下一一上香，氣氛悲傷得讓人鼻酸掉淚。

而要到李如雪家時，老師跟教官都極力阻止王羽凡，因為李先生對她有執拗的偏見！

但王羽凡非常堅持，她必須到如雪的靈位前上香，至少要告訴她實情。

到了李家，李先生意外地接受王羽凡捻香，所有同學哭成一片，班上發生那多事情，讓大家的情緒逼近崩潰；王羽凡站在靈前，望著照片裡甜美漂亮的李如雪，不禁悲從中來。對不起，她說了無數個對不起，雖然如雪不是她害死的，但是她當初應該更堅持的要她回家才對！

「哇呀——」後頭忽然一陣尖叫，王羽凡尚且來不及反應，馬尾已經被人狠狠地扯住。

「好痛！」王羽凡雙手緊撫著頭皮，而身後的力量驚人，李先生雙眼凶狠地抓著她的頭髮，拿著鐮刀往她髮上刨去！

導師跟教官見狀，立即上前阻止，好不容易把李先生的手扳開了，他一刀又往王羽凡手上招呼過去。

王羽凡下意識的伸手去擋，手臂被鐮刀劃下了深深的血痕。

「妳應該去死！死的應該是妳！」李先生毫無人性的雙眼裡布滿怨恨，「為什麼是我的如雪！我的如雪……」

他忿然的頹倒在地、跪在靈堂前，滿地都是王羽凡的血跟被割得亂七八糟的頭髮。

老師們趕緊把王羽凡帶出去就醫，同學們也嚇得鳥獸散，李如雪的爸爸瘋了吧？怎麼會做出這種事！

為什麼到現在，還把跳樓的事推到王羽凡身上呢？

王羽凡談不上諒解不諒解，因為如雪可能是被上了身，這怨不得誰，至於痛失愛女的李爸爸……他可能不找一個人來恨，就無法活下去了吧？

老師緊急送王羽凡到醫院包紮，還打了防破傷風針後，嚴正地告訴她最近要小心，不要再到李如雪家去上香，如果李先生有做出什麼跟蹤或傷人的舉動，一定要跟老師報告。

王羽凡點著頭，剛剛是她一時大意，否則李爸爸要傷她並不是那麼容易。

從醫院出來後，老師想載她回家，但她婉拒了老師的好意，堅持請老師送她回學校，她要自己騎腳踏車回家。

手傷不成問題，因為她還有很多事要做。

她要去七大傳說的點，一一跟同學們道謝，上香。

阿才坐在竹林裡，望著尖叫個不停的少女蠱，跟其他被怨蠱害死的人興嘆，不知道他們何年何月，才能從這片土地裡淨化。

李如雪穿梭在每一層樓的樓板，坐在窗邊，聽著她最愛的歷史課。

豬頭坐在奈何橋上，他最近發現了新樂趣，就是從橋上撲通跳下去，濺起的水花會嚇得路過的車子加速踩油門。

廖雅倩現在管這一整個亂葬崗，她好想要一台相機，至少她可以看看當自己臉從墓碑上鑽出來時，會不會有外國雕像上的美貌。

鄭欣明拿著石頭在地道裡刻著壁畫，她真希望可以偶爾有個洞，讓陽光照耀她的作品。

小余喜歡在斑馬線上練習運球，拿著自己的頭接拋，技術越來越純熟了。

至於冷諺明大哥咧，他戾氣過重，原本懷抱著忿忿不平的心，差一點點就要幻化為厲鬼；若不是書靈們壓制，成天對他曉以大義，恐怕現下已經作亂了。

而後，他開始慢慢地讀著每一本書，他突然覺得看書其實是件很有趣的事，有很多知識跟有趣的東西在裡頭，他越看越入迷，氣質加分，最近也越來越討厭破壞書的孩子了。

大家偶爾會一塊兒聚會，生前跟死後，沒有太大的差別；大家通常聊著自己那塊地盤的孤魂野鬼，聊著最近嚇了多少人，剩下的就是在討論，要讓萬應宮燒些什麼給他們。

大家都知道為什麼他們會在那裡，但是想到自己原來也有可以做大事的一天，也就稍稍釋懷。

今天，阿才說發現他身處的竹林裡，有一些異樣。

例如，那個總是尖叫的少女，並沒有因為重新被封印而氣急敗壞，她反而安靜得詭異，彷彿她根本不存在。

而李如雪哭著說，她的遺體被褻瀆了！

尾聲

「對不起！」男人在門口喊著，「有人在嗎？哈囉！」

大熱天的，男人揮汗如雨下，但為了家計，他還是要挨家挨戶地推銷營養價值極高的羊奶。

鄉下人家通常一樓都是敞開的，隔著玻璃門，他大聲喊著。

「有事嗎？」裡頭傳來聲音。

「您好，我是好喝羊奶的員工，想跟您介紹一下——」餘音未落，眼前的門唰的拉開。

一個面容枯槁的男人看著他，然後勾起一抹笑。

「羊奶？正好，我家孩子正想試試呢！」他繞出一條路，「進屋來吧，裡頭有冷氣，比較涼。」

「啊！謝謝、謝謝、謝謝！」業務員喜出望外的頻頻點頭，趕緊進屋裡。

真好，遇上了好客人！

男人望著外頭，很好，正中午時分，街上都沒有什麼人。他關上玻璃門時，悄悄地落了鎖。

業務員走進涼爽的屋子裡，不由得皺了皺眉。

「好濃的香味喔！這是什麼？」這香未免也濃得太刺鼻了吧？

「早上不小心灑了瓶香水，味道有些嗆鼻。」男人禮貌地往裡頭走，「先生，請往這邊走。」

「咦？」業務員望著一旁的走廊，有點遲疑，「要進去？」

「我孩子要喝的，總得說動她吧？」男人面貌和善地說，「不瞞你說，我是個單親爸爸，寵孩子寵上天，她說了就算。」

「喔……」業務員不經意瞧見一旁的相片，「那是你女兒嗎？好漂亮啊！」

「是啊，她是全世界最漂亮的寶貝。」男人自豪般的點著頭，逕自往內走去。

業務員趕緊抱著東西跟上，走進走廊時，他突然發現，這戶人家的神桌上，沒有擺放任何神明呢！就連神桌上的神明壁畫，也全用黑布擋了起來……這真詭異。

「先生！」走廊的那頭有人在喊著。

「來了來了！」業務員急忙跟上，他想太多了，管人家家務事？說不定改信阿們了咧！越走到裡頭，冷氣越強，那香味也越嗆鼻。

一直到最裡頭，那單親爸爸正在門前等著他。

「我女兒就在裡頭，要是她喜歡，就跟你訂五年份的羊奶！」他說著，走進了房裡。

一聽見可能有大筆訂單，業務員雙眼熠熠有光，立馬衝了進去。

室內一片昏黃，只有幾盞蠟燭搖曳，業務員一開始雙眼還不能適應黑暗，緩緩地，終於看清楚。

跟照片一樣的妙齡少女，全身赤裸地躺在床上，擺出撩人婀娜的姿勢，正瞅著他。

「這……這……」業務員慌了手腳，敢情這是仙人跳？「對不起，我們可能有誤會！我要先走了！」

業務員匆匆地往門口衝，但是門卻突然關了上，他定神一瞧，門後站著那位單親爸爸。

他慈眉善目的，對著他的身後笑著，「吃飯了，如雪。」

吃飯？業務員愕然一回首，那少女竟已來到他面前，一手按著他的肩頭，一手撫著他的臉龐……唔，這麼漂亮的女孩，到底想做——

剎！少女瞬間扯開業務員的頸子，頸子撕出十公分長的傷口，鮮血噴得整個天花板都是。

她張大嘴巴，裡頭是尖銳的利牙，咬住那頸口的肉跟頸動脈，豪邁的一口咬下，再撕扯下來，滿足地嚼著。

身上也被飛濺的血染到，李先生卻不以為意，溫柔地要少女把中飯帶到床上去吃。

「爸爸得重新教妳吃飯的禮儀跟規矩！」李先生幫忙把業務員的身體抱到床上去，「老是吃得亂七八糟，一點兒都不淑女。」

少女跟動物似的，跳到床上去，雙手伸出利甲，俐落地搗爛屍身的腹部，開始吞食著尚且溫熱的內臟。

李先生心滿意足地看著吃飯中的女兒，如雪……總算是活過來了。

停在家中的屍體，突然間坐起來那天，他嚇得魂飛魄散！然後他看著如雪走回自個兒房間，開始啃食老鼠的血肉。

他呆望著，確定坐在那兒的女孩是他的寶貝，也望著她摔爛的頭顱因著啃食越多的血肉而漸漸恢復。

所以他想方設法，為她準備大餐。

這個業務員，是第五個人了，他的如雪業已恢復往常的美麗跟模樣，只差還不會說話呢！但是她會在他腦子裡說話，告訴他她是他的寶貝女兒，只要照著她的話做，她就可以復活。

「寶貝，妳要不要看看爸爸為妳準備了什麼？」李先生得意的拿著一個木盒，來到少女面前，她吃得正開心，有點不悅地瞪著他。

木盒打開，是一堆亂七八糟的頭髮，還有染著血的鐮刀。

「看看，妳說的喔！王羽凡的頭髮跟血，爸爸都準備好了。」李先生泛出慈父的笑容，

「妳可以告訴爸爸下一步該怎麼做囉？」

少女圓著眼看著木盒裡的東西，忽地放下手裡的脾臟，伸出舌頭將手上跟嘴邊的血舔乾淨。

眼神裡的狂亂與獸性瞬間消失，她迅速拉過一旁的被單，跟正常女孩一樣遮去自己赤裸的身體。

然後，她露出慧黠的笑容，一如他印象裡的女兒。

「那我就能完全的復活了，爸爸！」

國家圖書館出版品預行編目資料

禁忌：試膽 / 答菁作. -- 初版. -- 臺北市：
春天出版國際, 2017.09
面； 公分
ISBN 978-986-95201-4-0 (平裝)

857.7 106014671

ISBN 978-986-95201-4-0
Printed in Taiwan

作者 笭菁
封面繪圖 Cash
明信片繪圖 阿慢
美術設計 三石設計
總編輯 莊宜勳
主編 鍾靈
編輯 黃郁潔

出版者 春天出版國際文化有限公司
地址 台北市信義區信義路四段458號3樓
電話 02-7718-0898
傳真 02-7718-2388
E-mail frank.spring@msa.hinet.net
網址 http://www.bookspring.com.tw
部落格 http://blog.pixnet.net/bookspring
郵政帳號 19705538
戶名 春天出版國際文化有限公司
法律顧問 蕭顯忠律師事務所
出版日期 二〇一七年九月初版
特價 180元

總經銷 楨德圖書事業有限公司
地址 新北市新店區寶興路45巷6弄6號5樓
電話 02-8919-3186
傳真 02-8914-5524

苓菁
作品

苓菁
作品

苓菁
作品

苓菁
作品